WISH UPON A WITCH

Édition française

THIS GOOD WITCH MYSTERY SERIES

LUCY MAY

DÉVOUEMENT

Le hasard n'existe pas ; c'est le destin mal nommé. ~Napoléon Bonaparte

CHAPITRE UN

JULIETTE GOOD

— Que diable faites-vous ?, s'exclama une voix d'homme.

Me retournant vivement pour regarder par-dessus mon épaule, j'aperçus mon voisin Matthew, qui se tenait en haut des marches de la maison voisine.

— Rien, dis-je précipitamment. Tout ce que j'avais fait, c'était de réparer le lampadaire en panne devant mon immeuble. Juste un petit éclair de pouvoir, pour la bonne cause. Pour la sécurité de tous, en fait.

— Ce n'était pas rien, Juliette. Je viens de voir des étincelles jaillir de vos doigts quand vous les avez agités vers le lampadaire, et maintenant il remarche. Si j'étais saoul, j'arriverais peut-être à me convaincre que ce n'était rien, mais je suis parfaitement sobre. Alors les rumeurs sont vraies ?

Mon cœur se mit à battre la chamade d'une manière écœurante, et une boule d'angoisse se forma dans mon ventre. — Quelles rumeurs ?, rétorquai-je.

Les lèvres de Matthew se retroussèrent en un ricanement méprisant. — Que vous venez d'une famille de sorcières.

Je dus me mordre l'intérieur des joues pour m'empêcher de jurer

tout haut. Un léger goût métallique de sang emplit ma bouche. Déglu-
tissant, je secouai la tête. — Je ne vois pas de quoi vous parlez,
Matthew.

Il descendit les marches et s'arrêta devant moi, sur le trottoir. — Oh, je pense que si. Tout le monde a entendu parler de cette
folie avec les fleurs dans votre ville natale, l'année dernière. Ridicule. Si
j'étais vous, je retournerais vivre là où l'on veut bien de vous.

À chaque mot qu'il prononçait, mon cœur se serrait un peu plus.
Pendant tout ce temps, j'avais trouvé Matthew, avec ses cheveux
sombres et ses superbes yeux bruns, beau et attirant.

— C'est la chose la plus ridicule que j'aie jamais entendue, rétorquai-je, mentant avec une facilité déconcertante.

Matthew rit. — Je sais ce que j'ai vu. Faites attention, Juliette. La
vie, ce n'est pas comme dans toutes ces séries télé où c'est cool d'être
surnaturel.

Il tourna les talons et s'éloigna dans la rue. Je regardai sa silhouette
s'estomper dans l'obscurité du pâté de maisons suivant. Il se trouvait
justement qu'un autre lampadaire était en panne dans cette rue-là.

— Eh bien, celui-là, je ne vais pas le réparer, marmonnai-je pour
moi-même.

Me retournant, je regardai autour de moi, soudain très anxieuse.
Mon petit sortilège, aussi utile fût-il, était une négligence de ma part.
J'étais à Boston, venant de terminer mon dernier semestre d'études
supérieures. Je ne pouvais pas me permettre de jeter des sorts en
public. Hélas, j'avais tendance à l'oublier et à le faire quand même.

Il fallait que je rentre à la maison, et le plus tôt serait le mieux.
Boston était juste assez loin de Charm Cove pour que j'espère que les
rumeurs auxquelles Matthew faisait référence ne me poursuivraient pas
jusqu'au Maine. Je remerciai ma bonne étoile d'avoir presque fini de
faire les cartons dans mon petit appartement et d'être bientôt sur le
chemin du retour.

Quelques jours plus tard, la neige tombait doucement et glissait sur
mon pare-brise alors que je roulais vers le nord. À la lueur de mes
phares, les flocons légers et duveteux brillaient comme des paillettes
dans l'obscurité. *Charm Cove, à 3 km*, annonçait le panneau de signalisa-

tion. Alors que je ralentissais en voyant la sortie, le son de mon clignotant résonna dans la voiture.

La maison. J'y étais presque. L'impatience frémissait en moi.

La maison signifiait beaucoup de choses différentes pour beaucoup de gens. Pour moi, retourner à Charm Cove avait une dimension supplémentaire. Je pouvais me détendre et ne pas trop m'inquiéter de cacher mes pouvoirs. Oui, j'ai bien dit « pouvoirs », et c'est précisément ce que je voulais dire. Des pouvoirs de nature surnaturelle, s'entend. Matthew avait vu juste au sujet des rumeurs, sauf qu'il ne savait pas à quel point elles étaient étrangement vraies.

Certains pourraient me qualifier de bonne sorcière. Rien qu'en se basant sur mon nom, c'était tout à fait exact. Deux familles de sorciers avaient fondé Charm Cove : les Good et les Wicked. Bien que la vie de sorcière dans le monde moderne entraînât de nombreuses complications, cette petite ville était l'un des endroits où c'était un peu plus facile.

Même si mon nom de famille était Good, je n'avais pas vraiment le moral ces derniers temps. Parfois, le poids d'être une sorcière en dehors d'une ville bienveillante envers le surnaturel était épuisant. Bien que ma brève rencontre avec Matthew n'ait pas mal tourné, des siècles d'histoire confirmaient une vérité pratique : les sorcières devaient être prudentes.

Je poussai un soupir de soulagement lorsque le panneau officiel de la ville se profila dans l'obscurité. *Charm Cove. Si charmante que vous ne voudrez jamais en partir.*

J'espérais que mon sortilège malencontreux et imprudent de Boston serait bientôt oublié. Foutu Matthew. *Lui* n'avait certainement rien de charmant. Je longeai la périphérie de la ville pour entrer dans le centre. Les rues étaient bordées des lampadaires d'origine de la ville, des lanternes suspendues en fonte méticuleusement entretenues au fil des siècles. Jadis, ils avaient été alimentés par des bougies, puis par le gaz. Ils fonctionnaient désormais à l'électricité, bien que cela ne coûtât rien à la ville.

Voyez-vous, il y avait suffisamment de sorcières et de sorciers à Charm Cove pour maintenir un sort d'électricité aussi longtemps que nécessaire. Avec ma présence, cela faisait une sorcière de plus pour ajouter sa magie à la réserve commune.

Il était près de minuit, la neige tombait légèrement et les rues étaient calmes. Chaque fois que je rentrais à la maison après une absence, j'avais l'impression de remonter le temps. Comme tant de villes de la Nouvelle-Angleterre, Charm Cove était pittoresque et pleine de charme. J'ai tourné sur Charming Way, qui était parallèle à la place du village. J'avais très envie de m'arrêter près de la fontaine de la ville, mais le joli scintillement des lumières de l'arbre au centre de la place m'attira.

Il n'y avait pas une autre voiture en vue. Le grand sapin baumier au centre de la place était encore décoré de lumières de fête, même si Noël était passé depuis quelques semaines. La ville laissait généralement les lumières jusqu'à ce que les jours commencent à rallonger. Les lumières, par les nuits sombres et neigeuses, remontaient le moral.

J'ai immobilisé ma voiture dans l'obscurité en coupant le moteur. Le bruit de ma portière a claqué fort lorsque je l'ai refermée derrière moi. J'ai rabattu la capuche de ma veste sur ma tête en traversant la rue, alors que la neige tourbillonnait dans l'air, portée par une brise glaciale venant de l'océan. Même si je ne pouvais pas voir l'océan Atlantique d'ici, il n'était qu'à quelques rues ; l'air avait un léger parfum d'iode et de sel.

Je me suis glissée par le portail ouvert de la clôture en fer forgé qui entourait l'ancienne place du village. Ce grand espace carré aux allures de parc possédait des allées en granit menant au centre, où le grand arbre se dressait tel un phare accueillant. Je savais où je voulais aller et j'ai traversé en diagonale vers le coin opposé. La fontaine légendaire de la ville avait autrefois servi d'abreuvoir à chevaux. Sculptée dans le granit, elle avait résisté à des siècles de vent, de pluie et de neige. Ce n'était plus un abreuvoir, même si je suppose qu'elle pourrait toujours servir à cet effet en cas de besoin.

La fontaine avait été le théâtre de bien des drames, y compris une noyade accidentelle quelques étés auparavant. En cette nuit d'hiver, un mois seulement après le solstice, l'eau n'était toujours pas gelée, mais en fait, elle ne l'était jamais. La rumeur courait qu'un sort avait été jeté sur l'eau elle-même des siècles plus tôt.

Au-delà de cette rumeur, il se murmurait parmi les sorcières et les sorciers que si l'on y faisait un vœu, il se réalisait. Comme de nombreuses fontaines à travers le monde, elle était remplie de pièces. Quand les touristes envahissaient la ville pendant les mois d'été, ils ne pouvaient résister à l'envie de jeter une pièce dans la fontaine en croisant les doigts.

Étant donné que j'étais une sorcière, j'espérais que ma magie pourrait aider mon vœu à se réaliser. J'ai sorti un penny de ma poche, frottant sa surface cuivrée entre mes doigts. J'ai penché la tête en arrière pour regarder le ciel. Quelques étoiles clignotaient par intermittence entre les nuages, tandis que la neige tombait. Inspirant une grande goulée d'air glacial, j'ai baissé les yeux vers la fontaine. Le bassin d'eau ovale scintillait sous la lumière de l'arbre et des lampadaires voisins.

Fermant les yeux, j'ai fait un vœu pour quelque chose de stupide et de futile. En les rouvrant, j'ai fait tourner le penny entre mes doigts avant de le lancer, le regardant tournoyer dans les airs avant d'atterrir dans un petit « plouf ». De minuscules étincelles dorées s'élevèrent de l'eau à l'endroit où il était tombé.

— Eh bien, je ne m'attendais pas à *ça*, me suis-je murmuré.

Je n'avais jeté aucun sort, alors je ne savais pas trop quoi en penser. En me penchant, j'ai scruté l'eau sombre. Au fond de la fontaine peu profonde, ou de l'abreuvoir si vous préférez, le penny que je venais de jeter brillait d'une lueur vive, et une petite traînée dorée montait dans l'eau. Mes doigts se sont mis à picoter et cette sensation de bourdonnement que je ressentais dans mon corps avant de jeter un sort — une sorte de frémissement électrique était la meilleure façon de le décrire — m'a parcourue.

En me secouant mentalement, j'ai fait demi-tour et j'ai commencé à retourner vers ma voiture. Quand j'ai atteint le trottoir pavé, un homme que je ne connaissais pas attendait au coin de la rue. J'ai regardé autour de moi, un peu nerveuse.

— Juliette Good ? a demandé l'homme, d'un ton grave et suave.

— Bonjour ? On se connaît ?

— Vous ne vous souvenez peut-être pas de moi, mais je suis Donovan Wick, a-t-il dit en hochant légèrement la tête.

Ses cheveux bruns étaient parsemés des flocons qui tombaient, et le bleu de ses yeux brillait dans la lumière argentée des lampadaires. J'ai levé les yeux vers lui, remarquant à quel point il était grand par le mouvement que j'ai dû faire pour pencher la tête en arrière.

J'avais l'impression de le reconnaître, mais je ne savais ni pourquoi ni comment, et encore moins comment il connaissait mon nom. Déconcertée, j'ai réussi à esquisser un sourire poli et j'ai ignoré le papillonnement dans mon ventre. — Je ne suis pas sûre de me souvenir de vous. Hum, je suppose que c'était un plaisir de vous rencontrer, ai-je hasardé.

Donovan a souri. — J'habitais ici avant. Tu étais assise juste à côté de moi en CP.

Un déclic s'est produit dans ma mémoire. — Oh ! Donovan. Ouah, ça fait une éternité que je ne t'ai pas vu.

— Oui, c'est vrai. Depuis le CP, pour être exact. Son petit rire a provoqué un frisson le long de ma colonne vertébrale.

Juste au moment où j'allais lui demander ce qui le ramenait à Charm Cove vers minuit en plein hiver, un bruit sec a retenti. Nous nous sommes tournés ensemble vers le son et avons vu l'arbre ancien au centre de la place s'embraser comme une torche. Il a pris feu quasi instantanément.

En quelques secondes, j'ai entendu le bruit de pas au loin, de l'autre côté de la place, et j'ai sorti mon téléphone pour appeler le 18. Cet arbre était ancien et chargé d'histoire. Ce serait une catastrophe pour la ville s'il était détruit dans l'incendie.

Quelques minutes plus tard, le hurlement des sirènes a déchiré l'air alors que deux camions de pompiers déboulaient dans la rue, s'arrêtant dans un crissement de pneus près de la place. Les pompiers sont sortis des camions en trombe et ont commencé à éteindre le feu. Un sentiment de mauvais augure s'est emparé de moi.

Sans trop savoir comment, alors que je ne l'avais pas reconnu au premier abord, je me suis retrouvée avec le bras de Donovan autour de mes épaules pendant que nous attendions dans la nuit froide. Quelque chose clochait vraiment dans cet incendie d'arbre.

Ma première nuit de retour s'est terminée au poste de police. En tant que seuls témoins connus, Donovan et moi avons dû faire nos dépositions à la police sur ce que nous avions vu.

CHAPITRE DEUX

Adossée à ma chaise en plastique dur au poste de police de Charm Cove, j'ai bu une gorgée de café tiède. Il était passable, mais disons simplement que j'étais bien contente de ne pas avoir à le payer.

— Je me demande combien de temps ça va prendre, a commenté Donovan, assis à côté de moi.

Prenant une autre rapide gorgée, je lui ai jeté un coup d'œil. — Je n'en ai aucune idée. Franchement, est-ce que c'est un crime qu'un arbre prenne feu ?

Donovan a haussé les épaules. — Je ne crois pas. Quoique je suis sûr qu'on est tous d'accord pour dire que c'était un peu bizarre, tu ne trouves pas ? Si quelqu'un l'a fait exprès, j'imagine que ce serait du vandalisme.

J'ai soupiré. — C'est vrai. Je viens tout juste de rentrer en ville ce soir, et ça s'avère être un retour mouvementé.

Le coin de la bouche de Donovan s'est relevé, et une sensation de papillons a voleté dans mon ventre. Je ne me souvenais pas qu'il était si beau. Mais en même temps, je ne l'avais pas vu depuis la première année. À six ans, le concept de beauté m'échappait un peu. Je me souvenais de lui comme d'un petit garçon aux cheveux bruns avec un côté espiègle.

Mon esprit est revenu à mon vœu dans la fontaine et à la petite lueur électrique qui s'était échappée de la pièce de monnaie. J'avais souhaité rencontrer un homme qui ne soit pas un crétin. Avec le recul, ce n'était peut-être pas la meilleure façon de formuler mon vœu. Pourtant, Donovan était apparu comme par magie quelques instants plus tard.

Bien sûr, l'arbre bien-aimé de la ville avait ensuite pris feu. J'essayais de ne pas penser au fait que c'était arrivé quelques instants seulement après que j'aie jeté ma pièce dans la légendaire fontaine magique.

— Mouvementé, c'est une façon de voir les choses, a répondu Donovan.

La curiosité a titillé mon esprit. — Alors, qu'est-ce qui te ramène à Charm Cove après tout ce temps ?

— Mes grands-parents sont décédés et m'ont légué la vieille maison familiale. Comme je n'ai rien qui me retient, j'ai décidé de revenir. Et toi ?

— Eh bien, j'étais ici le mois dernier parce que mon frère... Liam, tu te souviens de lui ? — Face au hochement de tête de Donovan, j'ai continué. — Moira et lui se sont enfin mariés l'été dernier. Ils ont organisé une fête pour le solstice d'hiver, alors je suis rentrée pour les fêtes et tout ça. Je viens de terminer mes cours de troisième cycle et je me suis un peu tourné les pouces à Boston. J'avais un boulot de serveuse, mais j'ai décidé que ça valait le coup de revenir m'installer à Charm Cove. Mes parents sont ravis, bien sûr. Où sont tes parents ?

— Quand on a déménagé dans le nord de l'État de New York, c'était parce que mes parents avaient investi dans un verger là-bas. Je crois qu'ils envisagent enfin de revenir à Charm Cove. C'est le seul endroit que je connaisse où l'on peut être assez ouvert sur le fait d'être une sorcière ou un sorcier.

— Tellement vrai, ai-je répondu juste au moment où la porte sur le côté de la salle d'attente s'est ouverte, et où Daniel Levesque, le chef de la police de Charm Cove, a tourné son regard vers Donovan et moi.

— Ça vous ennuie de venir discuter quelques minutes ? a demandé Daniel.

Je me suis levée rapidement, en même temps que Donovan. — Bien sûr que non, a-t-il répondu, me faisant signe de passer devant lui alors que nous traversions la pièce pour rejoindre Daniel. Les cheveux châtain foncé de Daniel étaient en désordre, comme s'il y avait passé la main un peu trop souvent.

Les yeux bruns de Daniel étaient sombres tandis qu'il nous tenait la porte. Nous avons longé le couloir, puis tourné quand il nous a indiqué une petite salle de conférence. — Asseyez-vous.

Donovan et moi nous sommes assis côte à côte à la petite table. — Je ne suis pas sûre de ce que je pourrais vous dire de plus, ai-je dit rapidement.

— Oh, je pensais vous demander si l'un de vous deux avait vu quelque chose qui sortait de l'ordinaire avant que l'arbre ne prenne feu, a expliqué Daniel.

J'ai haussé les épaules. — Pas vraiment. Je me suis arrêtée parce que c'était si joli et si calme. J'ai décidé d'y entrer et de faire un vœu dans la fontaine, juste comme ça... — Mes paroles se sont tues alors que je me suis soudain rendu compte que j'avais peut-être l'air complètement idiote.

Malgré mon inquiétude, Daniel n'a pas semblé trouver idiot de s'arrêter au hasard pour faire des vœux dans la fontaine de la ville. D'un signe de tête, son regard s'est tourné vers Donovan. Donovan a levé une main avant de la laisser retomber. — Je n'ai pas vu grand-chose. Je me suis rangé sur le côté parce que j'ai un peu dérapé sur une plaque de verglas et j'ai heurté une bordure de trottoir. J'ai vérifié que ma jante n'avait rien. C'est tout. J'ai vu Juliette sortir, alors j'ai attendu pour la saluer, et l'arbre a pris feu pendant qu'on était là.

— Donc, aucun de vous deux n'a vu quelqu'un d'autre ? a demandé Daniel.

— Non, avons-nous répondu à l'unisson.

Daniel a hoché la tête lentement. — Avez-vous vu Beatrice Powers, par hasard ?

Beatrice était une sorcière âgée et assez puissante. Sa maison se trouvait à l'angle de la place du village. J'ai secoué la tête. — Euh, non. Elle était là ? Ou mieux encore, elle était seulement réveillée ?

— Eh bien, elle était assez réveillée pour appeler la police et nous alerter de l'incendie. C'est une bonne chose qu'elle l'ait fait, parce que les pompiers ont pu le contenir à l'arbre. Avec la neige, je n'imagine pas qu'il se serait propagé loin, mais c'est en plein centre-ville, donc ça aurait pu mal tourner s'il s'était étendu, a expliqué Daniel.

Donovan a demandé : — C'est le feu qui a réveillé Beatrice ?

Daniel a haussé les épaules. — Elle a refusé de venir pour être interrogée, alors j'irai la voir chez elle demain. Si l'un de vous pense à autre chose, s'il vous plaît, passez me le dire, ou donnez-moi un coup de fil, a dit Daniel en sortant deux cartes de visite et en les faisant glisser sur la table vers nous.

Quelques instants plus tard, je me tenais sur le trottoir devant le poste de police, à côté de Donovan. — C'était sympa de te revoir, même si les circonstances étaient un peu inhabituelles, ai-je offert.

Donovan a esquissé un sourire. — Que dirais-tu qu'on aille prendre un café bientôt ?

— Euh, bien sûr, ai-je répondu, légèrement surprise par sa suggestion. Mon ventre a de nouveau fait cette drôle de culbute. — Est-ce que je devrais te donner mon numéro ? On pourrait peut-être se voir dans quelques jours.

— Ça marche. — Il a sorti son téléphone de la poche de son manteau. — Quel est ton numéro ? — Il l'a tapé sur son téléphone pendant que je le lui récitais, puis m'a aussitôt envoyé un texto. — Vérifie juste et ajoute mon nom, comme ça tu sauras que c'est moi.

— Reçu. Contente de t'avoir vu, ai-je répondu en lui faisant un signe de la main alors que je tournais les talons pour me diriger sur le trottoir sombre et désert vers ma voiture.

Il n'y avait presque pas de neige, juste quelques flocons qui dansaient dans le faisceau de mes phares tandis que je suivais la route côtière vers la maison de mon enfance. Après un court trajet, j'ai coupé mes phares en arrivant devant la maison. J'ai attrapé mon sac à l'arrière et j'ai monté les marches du perron en courant.

En ouvrant la porte, j'ai pensé que mes parents dormiraient. J'aurais dû m'en douter. Au moment où la porte s'est refermée dans mon dos avec un déclic, j'ai entendu la voix de ma mère résonner depuis le hall d'entrée. — Juliette !

— Salut, Maman, ai-je dit alors qu'elle arrivait dans l'entrée. Ma mère, Alice Good, parvenait je ne sais comment à avoir l'air élégante même à presque deux heures du matin, en robe de chambre et en chaussons.

Ses cheveux argentés, parsemés de mèches noires, étaient attachés en une tresse lâche. Le coin de ses yeux bleus se plissait avec son sourire alors que je m'approchais d'elle, laissant mon sac tomber au sol.

— Bonjour, ma chérie, a-t-elle dit en m'attirant dans une étreinte chaleureuse. Elle sentait la vanille. Elle l'a toujours sentie.

Me reculant, je lui ai serré les épaules. — Je ne m'attendais pas à ce que tu restes debout pour m'attendre, Maman.

— Eh bien, ce n'était pas prévu, jusqu'à ce qu'Anna Goodness de la répartition m'appelle pour me dire que tu étais sur la place du village quand le sapin a pris feu. J'allais t'envoyer un texto, mais je me suis dit que tu devais être occupée. S'il te plaît, dis-moi que ça n'avait rien à voir avec toi, ma chérie.

— Maman ! Pourquoi ça aurait un rapport avec moi ?

Ma mère a pincé les lèvres et a penché la tête sur le côté. — Tes pouvoirs sont liés à l'électricité et c'est parfois un peu capricieux. — J'ai ravalé une réplique alors qu'un sentiment de défense montait en moi. — Suis-moi à la cuisine, on va prendre une tasse de thé. Ton père est retourné se coucher, mais je n'arrêtais pas de m'inquiéter, alors je t'ai attendue.

— Donne-moi quelques minutes pour monter mon sac. J'arrive tout de suite.

Alors que ma mère se retirait dans le couloir, je me suis penchée pour ramasser mon sac. La maison de mes parents était une ancienne demeure de style colonial. L'entrée avait une hauteur de deux étages avec un escalier incurvé qui suivait le mur circulaire. Le couloir traversait le centre de la maison depuis l'entrée, avec un parquet brillant partout. Le rez-de-chaussée comprenait une cuisine et un petit salon d'un côté, et un salon de réception et une salle à manger, ainsi que le bureau de mon père de l'autre. J'ai enlevé mes chaussures et les ai laissées dans le petit plateau près de la porte d'entrée, mes pieds en chaussettes silencieux dans les escaliers pendant que je montais.

Un autre couloir traversait le centre de l'étage, avec des portes menant à six chambres et quatre salles de bains. J'étais l'une des cinq enfants de la famille. En ouvrant la porte de mon ancienne chambre d'enfant, j'ai trouvé la lampe allumée dans le coin. Mes parents avaient repeint la pièce en gris colombe et l'avaient remeublée avec des meubles en bois clair, donnant à la pièce une atmosphère épurée et moderne. Une immense couette en duvet bleu marine était jetée sur le lit avec une montagne d'oreillers.

J'ai posé mon sac près de la commode, laissé tomber mon sac à main sur la table à côté, et j'ai rapidement cherché un de mes pantalons en flanelle douce et un t-shirt. Pas besoin d'être en jean pour une tasse de thé tardive avec ma mère. Faisant une pause devant le miroir au-dessus de la commode, j'ai passé mes doigts dans mes cheveux bruns. Ils étaient un peu humides à cause de la neige. Mes yeux bleus ressortaient dans la pénombre. J'ai plissé le nez devant mon état plutôt négligé. Pas mon meilleur look pour ma rencontre avec Donovan.

Avec un soupir, je me suis détournée, me dépêchant de descendre. J'avais hâte de boire un thé chaud, mais j'espérais que ma mère n'insisterait pas sur ses inquiétudes concernant mes pouvoirs « capricieux ».

CHAPITRE TROIS

« Alors comme ça, tu as fait un vœu dans la fontaine, et quand la pièce est tombée dedans, elle a brillé avec une petite décharge électrique ? » a demandé ma mère.

J'ai pris une gorgée de ma tisane au citron et au miel et j'ai hoché la tête.

— Oui. C'est exactement ça. Je ne me souviens pas de la dernière fois où j'ai essayé de faire un vœu dans cette vieille fontaine. Ça fait si longtemps que je ne m'en rappelle même plus. Après ça, je retournais à ma voiture et je suis tombée sur Donovan Wick. Tu te souviens de lui ?

— Oh oui. Les Wick étaient une gentille famille. J'ai entendu dire qu'il a hérité de l'ancienne maison de ses grands-parents.

Ma mère savait *tout*. Tout le temps.

— Évidemment que tu le savais, ai-je dit avec un léger sourire. Bref, juste après l'avoir vu, l'arbre a pris feu. Il y a eu un claquement sec, puis un *vrouf*. La police est arrivée et tout le tralala. Nous sommes allés au poste et avons eu un entretien de suivi avec Daniel, à sa demande. Donovan n'a rien vu de plus que moi. Je n'arrive pas à croire que tu aies pu penser que j'avais quelque chose à voir là-dedans, maman.

C'était plus qu'agaçant que ma mère puisse ne serait-ce qu'envisager cette possibilité. Mais bon, j'avais tendance à me sentir comme l'enfant terrible de la famille. J'avais rencontré quelques difficultés en apprenant à utiliser mes pouvoirs.

Les traits anguleux de ma mère étaient en partie dans l'ombre, éclairés seulement par une unique lampe sur le côté de la table où nous étions assises, près des fenêtres de la cuisine. Ses sourcils se sont froncés et elle a soupiré, à peine, mais suffisamment pour que je l'entende.

— Ma chérie, je ne penserais jamais que tu ferais une chose pareille intentionnellement. C'est juste que ton type de pouvoir est parfois difficile à maîtriser, et il peut provoquer des incendies. Tu le sais bien.

— Maman, je sais que mes pouvoirs étaient un peu chaotiques au début de mon apprentissage, mais ça n'a pas aidé que ni toi ni papa ne puissiez m'aider à m'entraîner avec. Je veux dire, tu es la reine de la généalogie, et papa a d'autres pouvoirs. En plus, tu m'as dit que mes expériences, quand j'apprenais à utiliser mes pouvoirs électriques, n'étaient pas rares du tout. Ça fait des années que je n'ai eu aucun problème, ai-je expliqué, en essayant de ne pas paraître trop sur la défensive.

Le regard de ma mère s'est adouci, et elle a tendu la main par-dessus la table pour serrer la mienne.

—Je sais, ma chérie. Et tu as raison. Je n'aurais rien dû dire.

Marquant une pause, elle a pris une gorgée de sa tisane.

—J'imagine sans peine que les rumeurs vont aller bon train en ville demain.

— Oh, je suis sûre qu'elles circulent déjà. Tu étais réveillée pour m'accueillir à la porte et tu m'as fait une tisane, ai-je dit d'un ton ironique.

Ma mère a souri.

— J'ai toujours été un oiseau de nuit. Tu le sais bien. Tout comme toi. Il n'y a que *ma* fille pour décider de rentrer en voiture et d'arriver aussi tard.

— Tu te souviens de la dernière fois que tu as fait un vœu dans la fontaine ? ai-je demandé entre deux gorgées de ma tisane apaisante.

Ma mère a tambouriné du bout des doigts sur la table avant de hausser les épaules.

— Honnêtement, je ne m'en souviens pas. Quand j'étais petite, comme la plupart d'entre nous, cette fontaine me fascinait. Une fois que j'ai entendu la légende, elle a piqué ma curiosité. Alors j'ai fait des vœux à tort et à travers pendant quelques années. Je me souviens d'avoir jeté une pièce et d'avoir senti un petit picotement électrique dans mes doigts chaque fois que je faisais un vœu, mais c'est tout ce dont je me rappelle. Honnêtement, je ne crois pas avoir jamais essayé de faire un vœu dans le noir. Après tout, la seule raison pour laquelle tu as vu cette petite lueur dorée dans l'eau est peut-être qu'il ne faisait pas jour. Pendant la journée, le soleil brille presque toujours sur la fontaine. Il serait difficile de voir quelque chose comme ça.

— C'est vrai, mais je ne me souviens pas l'avoir jamais vue avant.

— La question logique est : as-tu déjà fait un vœu dans le noir avant ?

J'ai souri.

— Je ne m'en souviens pas, maman.

Quand elle m'a souri en retour alors que je prenais une autre gorgée de ma tisane, cette petite tension en moi s'est dissipée. J'étais à la maison, et même si ma mère s'inquiétait parfois pour moi, elle m'aimait.

Tout bien considéré, quand votre fille sorcière se trouvait être dotée de l'un des pouvoirs surnaturels les plus imprévisibles... eh bien, je supposais qu'elle avait un peu plus de soucis à se faire que la mère moyenne. Il y avait ça, et le fait qu'elle était la mère de cinq enfants, tous sorciers et sorcières. Elle avait plus que la corne d'abondance habituelle de soucis à prendre en compte.

———

Un vent glacial souffla en rafales sur la place du village, et par réflexe, j'ai porté la main à mon écharpe pour la resserrer. J'ai baissé la tête, des larmes se formant au coin de mes yeux en réaction au froid. Le soleil était haut dans le ciel, scintillant sur la surface agitée de l'océan Atlantique alors que je me dépêchais sur le trottoir.

En approchant du portail en fer forgé qui menait à la place du village, je me suis arrêtée pour regarder l'arbre. J'ai tressailli à cette vue. Le conifère autrefois verdoyant était calciné, avec seulement quelques branches et de rares morceaux de verdure visibles. Très peu de l'arbre avait échappé à la fureur de cet étrange incendie de la nuit dernière. J'ai pris une profonde inspiration et j'ai adressé une petite prière. J'avais confiance que l'arbre s'en remettrait. Les pompiers avaient réussi à éteindre le feu avant qu'il ne le consume entièrement, mais c'était un triste spectacle sur le paysage hivernal enneigé. Me détournant, j'ai regardé des deux côtés avant de traverser la rue.

Dès que mes yeux se sont posés sur l'enseigne de Magic Beans, mes lèvres se sont étirées en un sourire et j'ai un peu accéléré le pas. Un instant plus tard, j'entrais à l'intérieur, un petit tourbillon de froid me suivant alors que la porte se refermait derrière moi.

Une douce chaleur m'a enveloppée tandis que je laissais mon regard balayer mon café préféré. Le Magic Beans servait de délicieux cafés et pâtisseries. L'odeur du café flottait jusqu'à moi, se mêlant aux arômes de cannelle, de sucre et de pain frais. J'ai pris une profonde inspiration, j'ai retiré mes gants, puis j'ai déroulé mon écharpe avant de me diriger vers le comptoir où une petite file d'attente s'était formée.

Une fois arrivée en tête de la file, Sarah Glen m'a regardée avec un sourire. — Salut, Juliette ! a-t-elle lancé en tendant la monnaie à la cliente qui venait de s'écarter. — Bonne journée, a-t-elle ajouté alors que la femme s'éloignait, son café à la main.

Appuyant mes hanches contre le comptoir, j'ai souri à Sarah. — Salut. Me revoilà.

— Pour de bon cette fois, c'est ça ?

— Je crois bien. Le Magic Beans a pesé dans la balance au moment de prendre ma décision de revenir, ai-je répondu avec un clin d'œil.

Le sourire de Sarah s'est élargi. — D'accord, alors. Qu'est-ce que je te sers ce matin ?

— Je prendrais bien un Shot in the Dark, ai-je répondu, faisant référence à mon café favori : le corsé café maison avec une dose d'expresso pour lui donner un petit coup de fouet.

— Ça arrive tout de suite. Sarah s'est tournée vers la machine à expresso derrière elle et a commencé à préparer mon café.

— Bonjour, Juliette, a dit une voix par-dessus mon épaule.

En me retournant, j'ai vu Donovan Wick qui se tenait là. Au

moment où j'ai croisé son regard bleu, j'ai eu des papillons dans le ventre. — Oh, salut, Donovan. Tu viens prendre un café ?

C'est un peu évident, non ?

Ma petite voix critique intérieure était toujours au rendez-vous. Pour quelle autre raison viendrait-on dans un café ?

Donovan s'est mis à mes côtés, posant une main sur le comptoir. Ses cheveux sombres étaient en bataille, probablement à cause du vent. Il portait une doudoune noire sur un jean usé et des bottes en cuir. Sans le moindre effort, il dégageait une assurance et une masculinité brute. Il avait une mâchoire carrée, des pommettes sculptées et un nez droit, légèrement proéminent, qui ne faisait qu'ajouter à son aura de force.

Les coins de ses yeux se sont plissés quand il a souri. — En effet, je suis là pour un café. Je suppose que tu es là pour la même raison ?

J'ai senti mes joues s'empourprer légèrement en hochant la tête. — Eh oui. Comme tu n'as pas habité en ville depuis le CP, sache que le Magic Beans est le meilleur café de la ville, ai-je dit au moment où Sarah s'est retournée avec mon café.

Elle nous a regardés tour à tour et m'a adressé un sourire radieux. — Oh, merci, Juliette. Voici ton café, a-t-elle dit en faisant glisser la tasse sur le comptoir vers moi. — Ça fera trois dollars tout rond.

Pendant que je sortais mon portefeuille de mon sac à main, elle a reporté son attention sur Donovan. — Qu'est-ce que je peux vous servir ce matin ? Je suis Sarah Glen, au fait. C'est ma famille qui tient le Magic Beans, et c'est souvent moi qui suis là.

— Enchanté de vous rencontrer, Sarah, a répondu posément Donovan. — Je suis Donovan Wick. Je connais Juliette depuis le fameux CP. En fait, je suis revenu à Charm Cove plusieurs fois depuis pour rendre visite à mes grands-parents. Ils sont décédés, alors j'ai hérité de la maison familiale, et je reviens m'installer. Pour le café, je prendrai un Shot in the Dark, si vous en faites.

Levant les yeux vers Sarah, je lui ai tendu un billet de cinq dollars. — Gardez la monnaie. Puis, me tournant vers Donovan, j'ai ajouté : — Ils en font, des Shot in the Dark. C'est mon préféré.

J'avais l'impression d'avoir été propulsée dans le temps jusqu'au CP, tant mon raisonnement était idiot et puéril. D'une manière ou d'une autre, je trouvais ça significatif que nous partagions le même café préféré.

Donovan m'a adressé un rapide sourire avant de regarder Sarah. — Parfait. Je vais prendre la plus grande taille que vous ayez. Tu prends quelque chose à manger ? m'a-t-il demandé en se tournant vers moi.

— Oh, j'ai complètement zappé. Croisant le regard de Sarah, j'ai demandé : — Je peux avoir un roulé aux épinards et au fromage ?

— Je te l'offre, a interjeté Donovan.

— Tu n'es pas obligé.

— Tu me rendras la pareille la prochaine fois que je te verrai ici, a-t-il dit fermement.

Alors que Donovan baissait les yeux pour sortir son portefeuille de sa poche, Sarah a croisé mon regard en haussant les sourcils de manière théâtrale. J'espérais que ce n'était pas trop flagrant que j'avais, disons, un *béguin* pour Donovan. Le regard entendu de Sarah ne me rassurait pas du tout.

— Mettez-en deux, des roulés aux épinards et au fromage, a dit Donovan en tendant une carte de crédit.

Sarah l'a encaissé et a commencé à préparer son café après avoir enfourné les deux roulés dans le petit four à côté de la machine à expresso.

— Je vais nous trouver une table. À très vite, Sarah ! ai-je lancé en me détournant, puis je me suis faufilée à travers le café pour m'emparer de la dernière table de libre près des fenêtres.

CHAPITRE QUATRE

Au moment où j'allais m'asseoir, j'ai entendu mon nom. En jetant un coup d'œil, j'ai vu ma belle-sœur, Moira, assise à une table juste à côté de moi avec une amie commune, Zoe Levesque. Il se trouvait que Zoe était mariée à Daniel, le chef de la police de la ville qui m'avait interrogée aux petites heures du matin.

— Oh, salut ! Je ne vous avais pas vues en entrant, ai-je dit, en me tournant vers elles au moment de m'asseoir.

Moira a esquissé un rapide sourire. — Je viens de lever les yeux au moment où tu arrivais. Elle s'est penchée plus près. — C'est qui, le beau gosse au comptoir ? a-t-elle chuchoté.

Zoe a gloussé, repoussant une de ses boucles brunes de sa joue, ses yeux bruns assortis pétillant de malice.

— C'est Donovan Wick, ai-je dit à voix basse. — Tu te souviens de lui ? Il était en CP avec moi. Tu devais avoir un an de plus que nous.

Moira a pincé les lèvres, ses yeux verts songeurs alors qu'elle regardait à nouveau vers Donovan au comptoir. — Vaguement. Sa famille a déménagé de la ville ?

Zoe a hoché la tête. — Je me souviens de lui. Ils habitaient juste au bout de la rue de chez mes parents quand j'étais petite. Il a déménagé avec ses parents, mais ses grands-parents sont restés ici. Son grand-père est décédé il y a quelques années et sa grand-mère l'année dernière. D'après ma mère, ils lui ont légué la vieille maison familiale.

Moira s'est adossée à sa chaise et a souri en regardant Zoe. — Y a-t-il quelque chose dont tu ne te souviennes pas ? l'a-t-elle taquinée.

— En fait, j'oublie ce dont j'ai besoin à l'épicerie. Ce sont les faits divers comme ça que je n'oublie pas. Mes oublis quotidiens sont *bien* pires maintenant que mon bébé doit naître dans deux semaines. Je dois te dire, par contre, que j'ai vraiment hâte de boire une tasse de café, a-t-elle dit en levant la tasse qu'elle tenait à la main. — Avant d'être enceinte, je ne buvais du thé que de temps en temps. Maintenant, j'en ai marre.

— D'accord, j'ai complètement perdu la notion du temps. Je n'avais pas réalisé que ton bébé devait naître dans deux semaines, ai-je dit, mon regard glissant vers son ventre plutôt rond.

Moira a souri, glissant une mèche de ses cheveux noirs brillants derrière son oreille. — Deux semaines, et je serai marraine. Ça semble être une bonne première étape avant que Liam et moi ne pensions même à avoir notre propre bébé.

— Est-ce que toi et Liam... ? ai-je commencé.

Moira m'a interrompue. — Ne va pas t'imaginer que nous allons avoir un bébé de sitôt. Bien que Liam ait mentionné qu'il est prêt dès que je le serai. Je ne sais pas si ça rend les choses plus faciles ou non. Ton frère est parfois trop parfait.

Elle parlait de mon frère aîné, l'homme qu'elle était destinée à épouser avant même sa naissance. En tant que Good, j'étais bien au courant du sort légendaire jeté des siècles auparavant par deux matriarches des familles Wicked et Good. Après un vilain épisode de querelles entre les puissantes familles, elles avaient jeté un sort décrétant qu'un Wicked et un Good devaient se marier une fois par siècle. Mon frère était le chanceux de ce siècle. Dieu merci, ça n'avait pas été moi. Je ne pouvais même pas imaginer ce genre de pression.

J'ai ri, juste au moment où Donovan s'approchait de notre table. — J'interromps quelque chose ? a-t-il demandé en s'arrêtant à côté de la chaise vide en face de moi.

— Bien sûr que non. Prends place. Tu viens de m'offrir le petit-déjeuner. Faisant un geste vers Zoe et Moira, j'ai ajouté : — Voici ma belle-sœur, Moira, et notre amie Zoe. Tiens-toi bien avec Zoe, car il se trouve qu'elle est mariée à Daniel Levesque.

Donovan a gloussé en s'installant sur la chaise en face de moi, saluant Moira et Zoe de la tête. — Je suis Donovan Wick. Ravi de vous rencontrer.

— Ravie de vous rencontrer. Juliette nous a dit que vous venez de revenir à Charm Cove, a dit Zoe sur le ton de la conversation.

— C'est exact. J'ai rencontré votre mari hier soir.

— Oh oui, Daniel a mentionné que vous étiez l'une des rares personnes présentes lorsque l'arbre de la ville a pris feu.

— C'est vrai, a dit Moira en se tournant vers moi. — Ta mère a mentionné que tu y étais. Que s'est-il passé, bon sang ?

Donovan et moi avons rapidement raconté les événements. J'ai haussé les épaules en conclusion, ajoutant : — Donc, nous n'avons aucune idée de ce qui s'est passé. J'ai vu l'arbre ce matin. Il fait tellement peine à voir.

Moira a hoché la tête. — Je sais. Son regard s'est tourné vers Zoe. — Qu'en pense Daniel ?

Zoe a vidé son thé et s'est adossée à sa chaise. — Il n'a pas grand-chose sur quoi s'appuyer. C'est Beatrice Powers qui a appelé la police et signalé qu'elle pouvait voir le feu depuis sa maison. Étant donné qu'elle est située juste au coin de la place, c'est logique. Sinon, Juliette et Donovan sont les deux seuls témoins. Daniel ne sait pas trop quoi en penser.

— Je dirais bien que c'était peut-être un court-circuit des guirlandes de Noël, mais celles-ci fonctionnent à la magie, a proposé Moira.

— Exactement, ai-je convenu.

— Eh bien, même si c'est triste que l'arbre ait été si gravement brûlé, je suis simplement contente que rien d'autre n'ait été endommagé dans l'incendie, a commenté Zoe.

— Liam va aller voir l'arbre aujourd'hui. Il pourrait être capable de restaurer l'arbre dans son état d'origine, est intervenue Moira.

— Oh, ai-je dit, m'éclaircissant en regardant Moira. — J'avais oublié qu'il pourrait réussir ça. Donovan a jeté un regard entre nous, arquant un sourcil interrogateur.

— Liam a le pouvoir de restaurer les choses dans leur état d'origine, a expliqué Moira. — Ça peut être un peu délicat avec des choses comme les plantes et les arbres, mais ça vaut certainement la peine d'essayer.

— Le hic, c'est : comment l'expliquer ? suis-je intervenue.

— Il a dit qu'il essaierait sur une branche pour voir si ça marche. Si c'est le cas, alors il en fera juste un petit peu à la fois, pour que ce ne soit pas suspect, a clarifié Moira avant de jeter un œil à sa montre. — Oh, il faut que j'y aille. Je dois ouvrir le magasin. Tu veux que je te raccompagne à ta voiture ? Son regard s'est tourné vers Zoe.

Zoe a hoché la tête, se levant lentement et poussant un soupir en se frottant le bas du dos. — Ce serait génial. Je te jure, je suis trop petite pour être enceinte. Mon dos me tue depuis quelques semaines.

Je me suis levée en même temps qu'elles et j'ai fait une petite accolade à Zoe. — Ça fait plaisir de te voir. Il faut qu'on se voie bientôt. Je viendrai chez toi si c'est plus simple, ai-je dit en reculant d'un pas.

Moira m'a serrée brièvement dans ses bras avant qu'elles ne s'en aillent. Je me suis rassise à la table. En regardant Donovan, j'ai remarqué qu'il avait une expression amusée sur le visage. — Quoi ?

Un lent sourire s'est dessiné sur ses lèvres. — J'avais oublié ce que ça faisait d'être dans une ville où les sorcières et les sorciers ne cachent pas leurs pouvoirs. Du moins, entre nous.

Mon regard a croisé le sien par-dessus la petite table et mes lèvres se sont étirées en un sourire. — On oublie vite, hein ?

Donovan a haussé légèrement les épaules. — J'étais si jeune quand nous avons déménagé que j'ai passé la majeure partie de ma vie loin d'un endroit comme celui-ci depuis que j'ai mes pouvoirs. Mes parents faisaient très attention à ne pas me laisser utiliser la magie. Quand j'ai grandi et que mes pouvoirs sont devenus plus puissants, mes parents sont devenus encore plus stricts. Ils avaient peur que je fasse une bêtise par erreur. J'imagine qu'à Charm Cove, quand on est adolescent, on n'a pas à s'inquiéter de ça.

— En fait, ce n'est pas si simple. Comme pour l'arbre. Il y a assez de gens ici qui ne sont pas sorciers ou sorcières pour que Liam ne puisse pas simplement y aller et restaurer l'arbre d'un seul coup. Même s'il en est parfaitement capable, si sa magie fonctionne sur l'arbre. Il devra le faire petit à petit pour ne pas éveiller les soupçons. Même si on peut être plus ouverts ici, ce n'est qu'entre sorciers et sorcières. Quant à moi, eh bien, quand mes pouvoirs ont commencé à se renforcer, ça n'a pas été facile non plus. Mes pouvoirs consistent à contrôler et à créer l'électricité.

Donovan a haussé les sourcils. — Ah. C'est délicat, ça, non ?

— Plus maintenant, mais au début, je n'arrêtais pas de faire des bêtises. Quel est ton pouvoir ?

Concernant les sorcières et les sorciers, il y avait un certain nombre de pouvoirs communs que nous partagions tous — des pouvoirs mineurs liés aux plantes et à des tâches pratiques comme le déverrouillage des portes. La plupart d'entre nous possédaient un certain pouvoir associé au blocage d'autres sorts. Certains avaient la capacité de capturer les sorts et de sentir les pouvoirs. De plus, chaque sorcière et sorcier avait son propre pouvoir unique. Certains pouvoirs se transmettaient de génération en génération, mais même dans ce cas, il y avait toujours des variations dans le type de pouvoir pour chaque individu.

Comme Donovan avait déménagé quand j'étais très jeune, je ne connaissais pas les types de pouvoirs de sa famille. Je me souvenais de sa grand-mère. Elle était réputée pour faire des tartes incroyables et en faisait souvent don pour qu'elles soient vendues pour diverses causes. Je ne me souvenais pas de son pouvoir, ni de celui de son grand-père.

Charm Cove était un centre de pouvoir de renommée mondiale pour les sorcières et les sorciers. Tant de sorcières et de sorciers vivaient ici qu'il était facile de perdre le fil.

— Eh bien, mis à part les pouvoirs habituels, ma famille a des pouvoirs supplémentaires pour bloquer et détecter les sorts. Je peux transporter des objets. C'est parfois pratique, a expliqué Donovan avec un sourire malicieux. — Mais je dois faire attention.

Je lui ai rendu son sourire. — J'imagine. Tu t'en es servi pour transporter des bouteilles d'alcool hors du bar de tes parents au lycée ?

Donovan a gloussé. — Peut-être une ou deux fois. Mais ensuite, mon père a jeté un sort de blocage très puissant sur le meuble, et ça a été fini. Donovan a jeté un coup d'œil à sa montre. — En fait, je dois y aller. Je rencontre un entrepreneur à la maison. Mes grands-parents vivaient pratiquement dans une autre époque. Il y a encore de la moquette à longs poils des années 70 dans presque toute la maison.

— Oh, wow. J'adorerais voir ça.

— Tu es la bienvenue quand tu veux. D'ailleurs, ça te dirait de dîner avec moi demain soir ?

J'ai senti la chaleur me monter aux joues. Je me suis dit que Donovan était peut-être en train de m'inviter à un rendez-vous. Je ne savais même pas quoi en penser. Je me suis sentie hocher la tête avant même d'avoir pu y réfléchir.

Le coin de sa bouche s'est relevé alors qu'il hochait lentement la tête en retour. — Et après-demain soir, alors ? Je passe te chercher ?

— Si ça ne te dérange pas, je préfère te retrouver là-bas. Je loge chez mes parents. À moins que tu veuilles avoir affaire à eux...

Donovan a rejeté la tête en arrière en riant. Quand son regard a de nouveau croisé le mien, il a ajouté : — Je ne sais même pas où suggérer d'aller dîner. Des recommandations ?

— Le Charm Café est toujours une bonne option. C'est dans la rue d'à côté, sur Good Lane.

— Excellent. Disons six heures ? a-t-il demandé en se levant de table.

— Ça me va. Bonne chance pour ta rencontre avec l'entrepreneur, ai-je répondu.

CHAPITRE CINQ

Une fois Donovan parti, j'ai fini mon café, en me demandant ce que pouvait bien signifier mon vœu de la veille au soir de rencontrer un homme qui en vaille la peine. Et voilà que Donovan m'invitait à dîner. Je n'étais pas du genre à me jeter tête baissée dans les bras du destin, mais je ne pouvais m'empêcher de m'interroger.

Quelques instants plus tard, j'ai poussé la porte du café. En sortant, l'air vif de l'hiver m'a fouetté les joues. J'ai resserré mon écharpe et j'ai commencé à traverser la rue quand j'ai entendu quelqu'un m'appeler.

En jetant un coup d'œil par-dessus mon épaule, j'ai vu Beatrice Powers s'approcher. Elle était emmitouflée pour affronter le froid et marchait d'un pas vif. Elle portait un pantalon ajusté, une doudoune, des gants et un bonnet. Ça me fascinait qu'elle ait plus de quatre-vingt-dix ans et qu'elle fasse encore de la marche rapide toute l'année. Elle faisait ça d'aussi loin que je me souvienne. Ses cheveux argentés scintillaient sous le soleil matinal, et les coins de ses yeux marron se sont plissés dans un sourire quand elle s'est arrêtée devant moi.

Beatrice était toujours aussi mince. Quand le vent soufflait en rafales, je craignais qu'elle ne s'envole. — Bonjour, Juliette. Comment vas-tu ce matin ?

— Je vais bien. Et toi, Beatrice ?

— Bien, comme d'habitude, a-t-elle répondu avec un léger haussement d'épaules. Il fait un peu frisquet ce matin. — Elle s'est interrompue et a regardé l'arbre calciné au centre de la place. — J'ai entendu dire que tu étais l'une des témoins hier soir. — Son regard est revenu sur moi, et j'ai eu l'impression qu'elle sondait mon esprit.

Je connaissais Beatrice d'aussi loin que je me souvienne. C'était une sorcière incroyablement puissante. Pour ce que j'en savais, elle avait vraiment la capacité de lire dans mes pensées, non pas qu'il y ait eu quoi que ce soit à y trouver au sujet de l'arbre. Néanmoins, je m'inquiétais. Je ne pouvais m'empêcher de me demander si, d'une manière ou d'une autre, ma présence et mes pouvoirs électriques avaient quelque chose à voir avec l'incendie de l'arbre.

— J'étais l'un des deux seuls témoins. Je déteste voir cet arbre à la lumière du jour. Liam compte voir s'il peut le restaurer, ai-je dit.

Beatrice a hoché la tête. — Bien sûr qu'il en sera capable. Cette partie sera facile. Le défi pour lui sera de s'y prendre de manière à ce que ce ne soit pas suspect.

— Je sais. C'est toi qui as appelé la police, n'est-ce pas ? ai-je demandé, en changeant de sujet.

— Absolument. Le sommeil est capricieux quand on vieillit. J'étais debout en train de lire parce que j'avais du mal à dormir. L'instant d'après, cet arbre était comme une allumette géante au milieu de la place. — Elle a fait une pause, penchant la tête sur le côté. — Je ne crois pas que tu aies quoi que ce soit à voir là-dedans, ma chère, mais je crains que le vœu que tu as fait et tes pouvoirs électriques aient pu être captés par quelqu'un d'autre. Je pensais aussi que je devais te prévenir que la rumeur dit que c'est toi qui as mis le feu à cet arbre.

— Quoi ?! ai-je demandé, incapable de masquer l'effarement dans ma voix.

Beatrice a tendu la main, qui s'est refermée sur l'une des miennes pour la presser doucement. — Les rumeurs se propagent aussi vite que cet arbre a pris feu, ma chère.

— Mais pourquoi moi ? Je me trouvais juste là par hasard, ai-je protesté.

— Eh bien, c'est logique, voilà pourquoi. Quiconque connaît tes pouvoirs pourrait se poser la question, parce que les gens sont comme ça.

Consternée, je l'ai dévisagée puis j'ai soupiré. Elle a pressé ma main une nouvelle fois avant de glisser les siennes dans ses poches.

— Bon, Daniel n'a pas l'air de me soupçonner, ai-je avancé timidement.

— Ma chère, c'est le premier à en avoir parlé.

— Jamais je ne ferais une chose pareille !

— Daniel ne semble pas penser que tu aies fait quoi que ce soit exprès, mais apparemment quelqu'un lui a parlé de tes pouvoirs électriques. Il craint qu'il y ait eu un accident.

J'ai pris une profonde inspiration, rassemblant toute ma volonté pour ne pas hurler. Vraiment, c'était le bouquet. Après une autre lente inspiration, j'ai répondu : — Eh bien, je suppose que je devrais aller lui parler.

— Ne t'en fais pas, ma chère. Je tends l'oreille. Je compte parler à Camille Wicked. À part toi et Donovan, j'ai vu un autre homme marcher de l'autre côté de la place hier soir, ainsi qu'un groupe d'adolescents. Dès que possible, je veux qu'elle fasse le nécessaire pour s'approcher de quelques-uns de ces jeunes.

— Je suis perdue. Comment Camille peut-elle aider ? ai-je demandé. Camille Wicked était la mère de Moira, et donc aussi la belle-mère de mon frère.

— Elle peut sentir les secrets, ma chère. Si quelqu'un a un secret qu'il veut garder et qu'elle s'approche assez, elle le découvrira pour nous.

— Donc on a juste besoin de savoir qui d'autre était sur la place hier soir ?

— Ça aiderait certainement.

— D'accord, je vais me renseigner.

Beatrice a acquiescé vigoureusement. — En attendant, sois attentive. Tu devrais aussi parler à Moira. Elle entend tout ce qui se dit à la boutique. Tout comme ta tante Opal.

— Je vais passer voir Moira à la boutique tout de suite. Contente de t'avoir vue, Beatrice. Merci de m'avoir prévenue pour les rumeurs. Et moi qui étais si heureuse de revenir enfin à la maison.

— Oh, ça passera. Tu seras contente d'être ici. C'est ta place. Je te le promets.

Sur ces paroles rassurantes, Beatrice m'a fait un signe de la main et s'est éloignée d'un pas pressé.

CHAPITRE SIX

En traversant la rue, j'ai commencé à obliquer à travers la place du village quand j'ai entendu une exclamation étouffée. En jetant un coup d'œil, j'ai aperçu un couple debout devant la fontaine où j'avais fait mon vœu tard la nuit dernière.

Une femme a passé les bras autour du cou de l'homme à ses côtés. — Je viens de souhaiter que tu me demandes en mariage. Et c'est ce que tu as fait ! s'est-elle exclamée.

Sans m'en rendre compte, mes pas se sont tournés vers la fontaine, me rapprochant du couple. L'homme avait l'air un peu hébété, mais il souriait. La femme, quant à elle, semblait carrément folle de joie.

— Excusez-moi, ai-je dit en m'arrêtant près d'eux. Ils se sont tournés vers moi d'un même mouvement. — Vous venez de faire un vœu dans la fontaine ?

La femme a hoché la tête avec enthousiasme. — Oui ! J'ai tout juste souhaité qu'il me demande en mariage, et il l'a fait une seconde plus tard. N'est-ce pas incroyable ?

— Ouah, ça l'est, en effet. Vous aviez déjà fait un vœu ici ?

La femme a secoué la tête. — Non. C'est la première fois que nous venons. Nous ne faisons que passer, car une de mes amies se marie à Bar Harbor. Nous avons décidé de nous arrêter ici pour déjeuner en chemin parce que nous avons entendu dire que c'est une adorable petite ville. Nous espérons y revenir un été pour les vacances.

— Eh bien, c'est merveilleux que votre vœu se soit réalisé. J'espère que vous apprécierez votre déjeuner, et félicitations, ai-je réussi à articuler, en essayant de calmer l'inquiétude qui bouillonnait en moi.

Cette fontaine à vœux n'était pas censée fonctionner pour d'autres que les sorcières et les sorciers. Je n'arrivais pas à me sortir de la tête l'image de cette électricité remontant à travers l'eau dans l'obscurité lorsque j'avais jeté la pièce dans la fontaine la nuit dernière. Je ne pouvais pas non plus chasser l'inquiétude que Beatrice ait peut-être mis le doigt sur quelque chose quand elle a dit que mes pouvoirs avaient pu déclencher ce qui a provoqué l'incendie.

Une famille avec deux jeunes enfants passait par là, semblant avoir surpris la fin de notre conversation. — Fais un vœu, Maddie, a dit la mère en passant la main sur la tête couverte d'un bonnet de sa fille, d'où dépassaient deux tresses sombres.

La petite fille, que j'ai supposée être Maddie, a levé un sourire vers sa mère. — Il me faut d'abord un penny, a-t-elle annoncé.

Le père a sorti le penny demandé de sa poche et le lui a tendu. La petite Maddie l'a tenu dans ses petites mains gantées de moufles, a fermé les yeux très fort avant de les rouvrir et de lancer la pièce dans la fontaine.

Quand j'ai regardé le visage de la mère, j'ai su que je n'étais pas la seule à avoir vu le scintillement doré remonter du penny lorsqu'il a touché le fond de la vieille fontaine en granit.

Maddie a poussé un cri de joie et a applaudi quand son père a parlé. — Bon, et si on allait au magasin de bonbons à l'érable maintenant ? a-t-il demandé.

Maddie rayonnait. — C'est exactement ce que j'ai souhaité, Papa ! Je voulais que tu nous emmènes au magasin de bonbons à l'érable parce que je veux une de ces sucettes. Elles ressemblent à un arbre, a-t-elle expliqué, attrapant la main de sa mère et la serrant fort tout en sautillant sur place.

Le père avait un air un peu perplexe, bien que pas autant que l'homme qui venait de demander sa compagne en mariage, se surprenant apparemment autant que sa nouvelle fiancée. La mère, elle, semblait penser que le moment choisi par le père pour son annonce n'était qu'une simple coïncidence. — Nous avions prévu d'y aller de toute façon, Maddie. Mais c'est toujours bien quand les vœux se réalisent, n'est-ce pas ?

J'ai esquissé un sourire poli et haussé les épaules quand la mère a de nouveau tourné son regard vers moi. — Les vœux sont les meilleurs quand ils se réalisent. Passez une bonne journée, ai-je dit avant de m'éloigner précipitamment.

Quelques instants plus tard, j'ai poussé la porte de *Potions & Cadeaux Persnickety*, dont l'enseigne violet vif l'annonçait sur la place avec ses lettres fantaisistes bien assorties à la boutique.

J'ai souri en direction de Moira dès que la porte s'est refermée derrière moi, soulagée par la chaleur qui m'enveloppait.

— Je ne savais pas que tu venais tout de suite, Juliette, a dit Moira.

— Ce n'était pas prévu, mais j'ai croisé Beatrice, ai-je répondu en déroulant mon écharpe et en me dirigeant vers le comptoir sur le côté du magasin.

— Ah oui ? Moira était en train de trier des bracelets dans une boîte posée sur le comptoir.

En m'approchant, je me suis arrêtée devant la vitrine, appuyant ma hanche contre elle. — Oui. Apparemment, la rumeur dit que j'ai eu un accident et que j'ai déclenché l'incendie de la nuit dernière. Je suppose que tu m'en aurais parlé si tu avais eu vent de ce petit ragot.

— Évidemment ! Mais bon, je tiens la plupart de mes rumeurs d'ici, et je viens d'ouvrir il y a quelques minutes. Qu'est-ce que Beatrice a dit ?

— Exactement ça. Apparemment, même Daniel soupçonne que c'était un accident. Moira, je n'ai rien fait ! Sauf que je suis vraiment inquiète qu'il y ait eu un accident.

— Qu'est-ce que tu veux dire ?

— Eh bien, tu sais que les pouvoirs électriques peuvent être capricieux. J'ai beaucoup plus de contrôle maintenant et je n'ai pas eu de problèmes depuis des années. Mais quand je suis arrivée en ville hier soir, je me suis arrêtée sur la place. Juste comme ça. C'était si joli, les lumières étaient encore sur le sapin et, enfin, tu sais. Ça semblait approprié, puisque je rentrais tout juste à la maison. Bref, sur un coup de tête, j'ai décidé de faire un vœu dans la fontaine, parce que ça faisait des années que je ne l'avais pas fait. Rien de bien spécial, sauf que lorsque j'ai jeté le penny, une petite traînée dorée est remontée à la surface. Tu te souviens que la fontaine ait déjà fait ça quand tu faisais un vœu ?

Moira secoua lentement la tête. Elle avait interrompu son tri de bracelets, les mains posées sur le rebord de la vitrine qui servait aussi de comptoir pour la caisse. — Non. Je ne m'en souviens pas du tout. J'ai un peu évité la fontaine depuis l'été d'il y a deux ans, quand le vieux Albert Pearson a été retrouvé mort dedans le premier jour de mon retour en ville. Tu te souviens de ça, non ?

— Comment pourrais-je oublier ? C'était le triangle amoureux du troisième âge, et il a eu un accident.

Moira soupira en levant les yeux au ciel. — C'était terrible qu'il soit mort, mais mon Dieu, quelle situation ridicule. Bref, je ne me souviens pas de la dernière fois que j'ai fait un vœu dans cette fontaine. Qu'est-ce qui t'inquiète tant à ce sujet ?

— Tout à l'heure, après avoir vu Beatrice, je traversais la place et j'ai entendu une femme toute excitée parce qu'elle venait de souhaiter que son petit ami la demande en mariage. Ils sont fiancés maintenant, au cas où ça t'intéresserait, ai-je ajouté en secouant la tête, songeuse. Je me suis arrêtée pour leur poser des questions à ce sujet. Une petite famille s'est approchée, et la fillette a fait un vœu. Il n'y a rien d'inhabituel à ça. Les gens y font des vœux tout le temps. Son vœu, c'était que son père l'emmène au magasin de bonbons à l'érable. Avant même qu'elle ait dit un mot, c'est ce qu'il a suggéré de faire. Honnêtement, je ne sais pas quoi en penser. Cette fontaine n'est censée fonctionner que pour les sorcières et les sorciers. Ce couple n'est jamais venu à Charm Cove. Ils sont en route pour un mariage à Bar Harbor et se sont arrêtés pour déjeuner ici aujourd'hui.

Moira resta silencieuse quelques instants en me regardant, le regard songeur. — Tout ça me semble un peu louche.

— Oh !, l'ai-je interrompue. Quand cette petite fille a jeté sa pièce, une petite lueur électrique a jailli de l'eau. C'est ce que j'ai vu hier soir. Je sais que je n'étais pas la seule à le voir aujourd'hui, car la mère m'a regardée juste après.

— Je suppose qu'on doit se renseigner pour savoir si quelque chose de semblable s'est déjà produit dans la fontaine. Elle est magique depuis l'époque où elle n'était qu'un abreuvoir à chevaux. La meilleure personne à qui demander serait ta mère. Elle connaîtra son histoire.

— Bien sûr. Je vais certainement discuter avec elle ce soir. Mais ça me rappelle quelque chose. J'ai été distraite. J'ai besoin de voir ta mère.

Moira reprit son tri de bracelets. — Et pourquoi donc ?

— Puisque Daniel me soupçonne d'avoir eu une sorte d'incident de pouvoir électrique, je me dis que je pourrais aussi bien lui demander de passer un peu de temps avec moi pour qu'elle puisse prouver que je ne cache aucun secret à ce sujet.

Moira se mit à rire. — La plupart des gens s'inquiètent que ma mère découvre leurs secrets, et toi, tu es prête à les partager.

— Hé, si ça peut me blanchir, ça me va très bien. Si c'était un accident, je n'étais même pas au courant. Pendant ce temps, Beatrice dit qu'elle a vu un autre homme se promener sur la place hier soir, ainsi qu'un groupe de jeunes. Il faut découvrir qui ils étaient. Comme tu vois passer beaucoup de clients, je me suis dit que je pourrais te demander de tendre l'oreille.

— Absolument. Tu as besoin d'autre chose ?

— Juste le numéro de téléphone de ta mère. Peut-être que je pourrai la trouver avant le dîner de demain. Pourquoi ne viendrais-tu pas, tout simplement ? C'est chez mes parents. Tu es la bienvenue, bien sûr.

— Chez tes parents demain soir ?

À mon hochement de tête, elle ajouta : — Bien sûr qu'on viendra. Ça ne m'étonnerait pas que ta mère ait déjà invité Liam, de toute façon. Tu restes combien de temps là-bas ?

— Je ne sais pas. Je suppose que jusqu'à ce que je trouve un autre endroit où rester.

Moira sourit. — Je te proposerais bien l'ancien cottage du gardien sur la propriété de mes parents, où Liam a logé il y a quelques étés, mais Cam y est toujours. Avec tout ce que tes parents possèdent, ils ont sûrement quelque chose de disponible pour toi quelque part, non ?

— Si seulement. J'ai un lopin de terre, mais rien dessus. Je vais bien trouver une solution.

— Eh bien, à l'automne, tu pourras t'installer dans la remise. Liam et moi prévoyons de commencer la construction de notre nouvelle maison ce printemps. Nous espérons qu'elle sera terminée d'ici l'automne prochain.

— Je pourrais bien te prendre au mot. En attendant, je te verrai certainement demain soir. S'il te plaît, dis à ta mère que j'espère la joindre.

Moira hocha la tête. — Bien sûr. Si tu ne la joins pas avant, elle t'appellera sans faute. Elle souleva la petite boîte de bracelets maintenant rangés et contourna le comptoir, se dirigeant vers un présentoir à bijoux sur le mur du fond.

La suivant, je m'arrêtai devant les étagères de potions et examinai la sélection. — Vous avez autre chose que des philtres d'amour ?, lançai-je par-dessus mon épaule.

Le rire de Moira parvint jusqu'à moi. — Nous gardons une réserve d'autres potions rien que pour les sorcières et les sorciers dans l'arrière-boutique, si tu veux jeter un œil.

Pendant qu'elle finissait de garnir le présentoir à bijoux, je me dirigeai vers l'arrière et trouvai une potion *Moins de Stress, c'est Mieux*. Le nom était peut-être ridicule, mais la potion était efficace.

Après être retournée à l'avant, Moira refusa que je paie et me fit signe de partir. Je me dépêchai de descendre Charming Way pour couper par Good Lane jusqu'à Wicked Way, de l'autre côté de la place. Mes yeux se posèrent sur l'enseigne de Beauty Bewitched, dont les lettres jaunes brillaient comme un phare éclatant dans la journée d'hiver grise, alors que les nuages s'amassaient pour obscurcir le soleil.

En entrant, je cherchai ma tante Opal du regard. Ce magasin était principalement tenu par la famille Good, tandis que Persnickety Potions & Gifts était surtout géré par la famille Wicked. Les deux familles se partageaient la propriété des deux établissements.

Parfois, être une sorcière Good était un lourd fardeau. J'étais assez puissante, mais je n'avais jamais l'impression de pouvoir être à la hauteur de mon potentiel. Être la cadette de ma fratrie et avoir deux parents très puissants pouvait être épuisant. Ajoutez à cela un frère qui était le destiné des Good, et c'était juste un facteur de plus qui s'ajoutait aux légendes qui circulaient sur ma famille dans le monde des sorciers. Liam était si bien adapté à cela. La seule chose qu'il avait ratée, c'était quand Moira et lui avaient rompu pendant quelques années.

Bien sûr, il avait retrouvé la raison, tout comme Moira. Ils s'étaient réconciliés et avaient conclu le mariage prédestiné. Ils étaient même véritablement et follement amoureux.

Pendant ce temps, j'étais apparemment la principale suspecte dans l'incendie d'un sapin baumier légendaire. C'était bien ma veine.

Poussant la porte de la boutique, je m'arrêtai pour regarder autour de moi. Beauty Bewitched avait une orientation différente de Persnickety Potions & Gifts. On y trouvait principalement des produits de beauté, et nous avions des articles magiques qui fonctionnaient vraiment. Par conséquent, nous avions une boutique en ligne très active avec de nombreux produits en édition limitée. Le truc avec la magie, c'est qu'elle ne pouvait être distribuée qu'en petites quantités. Elle n'avait certainement pas été conçue pour notre société capitaliste moderne.

Bien que je ne travaille pas dans le magasin, j'avais souvent aidé au fil des ans à jeter des sorts pour les diverses crèmes, les shampoings, les masques pour le visage et autres produits du même genre. Nous vendions aussi des cadeaux, mais c'était un type de sélection différent de ce que proposait Moira.

La boutique était calme quand je suis entrée, alors j'en ai profité pour en faire le tour. Des présentoirs étaient placés stratégiquement dans l'espace, avec des rayons dédiés à chaque type de produit.

Le temps d'arriver au comptoir principal, Opal Good, l'une de mes nombreuses tantes, sortait tout juste de l'arrière-boutique par une porte battante.

— Tiens, bonjour, Juliette, dit Opal, dont le visage anguleux s'adoucit d'un sourire. Ses cheveux presque entièrement noirs, à peine striés d'argent, étaient ramenés en un chignon serré et elle portait des lunettes argentées sur le bout du nez.

Elle portait un unique bracelet en argent avec des boucles d'oreilles pendantes assorties. Elle était vêtue de son habituel chemisier blanc et d'un pantalon noir, une sorte d'uniforme pour elle.

Elle posa le carton qu'elle tenait dans les bras sur le comptoir et le contourna pour venir à ma rencontre, m'attirant dans une étreinte qui sentait la lavande.

Opal recula, son regard habituellement perçant réchauffé par son sourire. — Ça me fait *tellement* plaisir de te voir, ma chère. Ta mère m'a dit que tu étais bien rentrée. Nous sommes toutes ravies que tu sois enfin de retour pour de bon. J'espère que tu es contente d'être ici.

— Bien sûr que je le suis ! Maman dit que tu es toujours aussi occupée avec la boutique. Tu sais que tu peux me faire signe si jamais tu as besoin d'aide avec la magie pour tes produits.

— Je n'y manquerai pas, ma chère. J'espère que ça ne te dérange pas si je travaille pendant qu'on discute, dit-elle en contournant de nouveau le comptoir pour ouvrir le carton. Elle me fit un signe de tête en direction du petit tabouret qui se trouvait de l'autre côté. — Assieds-toi. En hiver, c'est généralement calme jusqu'à l'après-midi. Alors, dis-moi ce qui t'amène. Elle commença à sortir de petits flacons de lotion et à les scanner dans l'ordinateur.

— L'inventaire ? demandai-je. Devant son hochement de tête, je répondis à sa question. — Je voulais passer te dire bonjour, mais je suis sûre que tu as déjà entendu parler de l'arbre.

— Évidemment, ma chère. Si je n'en avais pas entendu parler, j'ai certainement vu ce pauvre arbre ce matin, dit-elle en faisant claquer sa langue. — Mais que s'est-il donc passé ?

— S'il te plaît, dis-moi que tu n'as pas entendu dire que j'y étais pour quelque chose, dis-je en posant mon sac à main sur le comptoir tout en desserrant mon écharpe et ma veste.

Opal pinça les lèvres et haussa les épaules. — Tu étais l'une des deux seules témoins. Il faut t'attendre à ce que les gens fassent des suppositions. D'après Beatrice, il y avait un autre homme sur la place, et des enfants, mais elle ne sait pas qui ils étaient.

— Oh, alors tu as probablement entendu la même chose que moi de la part de Beatrice, dis-je avec un soupir.

— Certainement. Ne t'en fais pas pour ça, ma chère. Les rumeurs finissent toujours par se tasser. C'est l'une des constantes de la vie qui s'est vérifiée depuis la nuit des temps.

— Il n'y a eu aucun accident avec mes pouvoirs. Enfin, en fait, je ne saurais pas s'il y en a eu un. Pour être claire, je n'ai jeté aucun sort. J'ai juste fait un vœu à la fontaine. J'ai pensé passer te voir parce que, en tenant la boutique, tu es bien placée pour récolter les ragots. Ça m'aiderait si tu me disais si tu as entendu quoi que ce soit sur qui d'autre était sur la place hier soir.

— Inutile de demander, mais revenons en arrière. Comment ça, tu as fait un vœu ?

— J'ai fait un vœu à la fontaine. Il s'est passé quelque chose d'un peu étrange aujourd'hui. Je me mis à lui raconter que j'avais observé les éclats dorés dans la fontaine lorsque j'y avais jeté ma pièce, ainsi que les deux vœux auxquels j'avais assisté plus tôt dans la journée.

Opal scanna le dernier flacon de lotion pour son inventaire et remit tout dans le carton. Elle me regarda d'un air songeur. — Je ne sais vraiment pas quoi en penser. Ça n'a pas le moindre sens. Remarque, ça fait des décennies que je n'ai pas fait de vœu dans cette fontaine, probablement depuis que j'étais adolescente, pour être honnête, lança-t-elle avec un sourire ironique. — Même à l'époque, je pense que je me souviendrais si un éclat doré était apparu dans l'eau.

— Ça m'inquiète. Je ne m'en souvenais pas non plus, et ça fait un moment que je n'y avais pas fait de vœu. Bien que mes pouvoirs ne me permettent pas de sentir si les gens ont de la magie, je suis sûre à 99,9 % qu'aucune de ces deux personnes n'était sorcière ou sorcier. Leurs vœux n'auraient pas dû pouvoir se réaliser.

Opal leva les yeux au ciel en soulevant le carton et en revenant de l'autre côté du comptoir. Je glissai du tabouret et la suivis jusqu'à une étagère de présentation le long du mur. Sans qu'elle ait à le demander, je suivis son exemple et commençai à l'aider à disposer les lotions en rangées sur l'étagère.

— C'est vraiment étrange. Parce que même si la légende dit que cette fontaine peut exaucer les vœux des sorcières, ce n'est pas systématique à ma connaissance. Je veux dire, te souviens-tu de la dernière fois qu'un de tes vœux d'enfant a été exaucé instantanément comme ça ?

L'un des sourcils d'Opal s'arqua élégamment alors qu'elle jetait un coup d'œil dans ma direction.

— Je vais prendre ça pour un non, dis-je. — Alors, qu'est-ce que tu penses que ça veut dire ?

— Je pense que ça veut dire que tu dois en parler à ta mère, dit-elle sans détour.

— Moira m'a suggéré la même chose, ce que j'avais de toute façon l'intention de faire. Je compte aussi donner à Camille la permission de sonder tous mes secrets concernant les événements de la nuit dernière. Comme ça, on pourra exclure que j'aie fait quoi que ce soit intentionnellement.

Opal eut un petit rire. — Tout ira bien. Dieu sait que Daniel Levesque a tendance à s'inquiéter pour un rien, mais même si quelque chose a mal tourné avec l'électricité, ce n'était pas intentionnel. Comme je l'ai dit, les rumeurs se calmeront. Et puis, ce n'est qu'un arbre.

— Mais cet arbre est là depuis des centaines d'années, dis-je, en levant les mains avant de les laisser retomber.

Opal gloussa de nouveau en posant le dernier flacon de lotion sur l'étagère. — Ça *va* se tasser. Crois-moi, entre Liam et quelques autres, nous aurons redonné à cet arbre sa gloire d'antan en un rien de temps.

Juste à ce moment-là, quelques clients entrèrent. Opal me regarda en souriant et me fit un clin d'œil. — On se voit plus tard.

CHAPITRE SEPT

— Beatrice ? Comment ça ? m'exclamai-je.

— Exactement ce que je t'ai dit. Daniel ne veut pas dire qui, mais quelqu'un lui a dit qu'il devrait s'intéresser de plus près à Beatrice. Je lui ai dit qu'il était fou, dit Moira.

Stupéfaite, je me penchai, attrapai mon verre de vin et en bus une grande gorgée. Pendant ce temps, Camille mâchait calmement la bouchée qu'elle venait de prendre, tout en écoutant ma mère jacasser à propos d'une famille sur laquelle elle faisait des recherches pour une bibliothèque en France. Ma mère saisissait la moindre occasion de parler d'histoire et de généalogie des sorciers. C'était une spécialiste, et ses pouvoirs l'aidaient à voir dans le passé.

Elle n'était pas seulement la généalogiste attitrée de Charm Cove, mais probablement la plus renommée au monde dans son domaine particulier. Bien que peu de gens en dehors du monde des familles de sorcières et de sorciers la connaissaient, quiconque était sorcier ou sorcière savait qui elle était. Elle recevait souvent des demandes des quatre coins du monde pour faire des recherches sur certaines familles. Toutes ces demandes arrivaient par courrier postal. Comme nous étions sorciers et sorcières, il était hors de question de communiquer en ligne sur nos pouvoirs surnaturels, sous quelque forme que ce soit.

Le dîner, qui devait avoir lieu chez mes parents, avait été déplacé chez Gabriel et Camille Wicked, de la célèbre famille Wicked, la seule famille de la région qui rivalisait en pouvoir et en influence avec la famille Good. Heureusement, nous réussissions à maintenir la paix entre nous grâce à ce vieux sortilège qui avait scellé le destin de Liam et Moira par le mariage. Les familles Wicked et Good étaient immenses et dispersées aux quatre coins du globe. Cependant, deux de leurs plus anciennes branches se trouvaient résider ici même, à Charm Cove.

En plus de Moira, Liam et moi, deux des frères de Moira, Gabriel et Cam, s'étaient joints à nous, ainsi que nos parents respectifs.

— Moira, murmurai-je, je suis sûre que tu as déjà demandé à Zoe si elle était au courant.

— Bien sûr. Zoe dit que Daniel ne lâche rien sur ce qu'il pense. Je trouve ça débile que quelqu'un ait pu ne serait-ce que suggérer que Beatrice mettrait le feu à l'arbre juste parce qu'elle a appelé les secours, dit-elle fermement.

Camille jeta un coup d'œil de l'autre côté de la table. — Qu'est-ce qui est débile ? demanda-t-elle.

Camille parvenait à paraître élégante et digne même en jurant. Moira tenait de sa mère ses traits sculptés, son nez droit et sa mâchoire légèrement carrée. Les cheveux autrefois presque noirs de Camille s'étaient adoucis pour devenir principalement argentés, parsemés de quelques mèches poivrées. Ce soir, elle les avait relevés en un chignon lâche au sommet de sa tête. Quand elle attrapa son verre de vin, ses bracelets en argent s'entrechoquèrent.

—Je n'ai même pas encore eu l'occasion de vous dire que Zoe m'a appris que quelqu'un avait dit à Daniel de s'intéresser de plus près à Beatrice, expliqua Moira.

— À propos de l'arbre incendié ? intervint ma mère en posant sa fourchette et en levant sa serviette en tissu pour tamponner délicatement les commissures de ses lèvres.

— Exactement, répondit Moira en levant les yeux au ciel. Si vous voulez mon avis, celui qui lui a refilé cette patate chaude est lié aux jeunes qui traînaient sur la place ce soir-là, ou à cet inconnu. Beatrice n'aurait jamais mis le feu à cet arbre intentionnellement.

— Ce serait logique. Après tout, c'est la seule personne qui les a vus ce soir-là, même si elle ne peut pas les identifier, ajoutai-je.

Ma mère roula des yeux, ostensiblement. — Juste une manœuvre dilatoire. Nous devons découvrir qui était sur la place.

— Ça aiderait aussi à clarifier le mobile. Quelle raison quelqu'un aurait-il de mettre le feu à cet arbre, de toute façon ? songea Gabriel.

Cam intervint. — Mon avis ? Ce sont ces jeunes. Quels qu'ils soient. Parce que les jeunes font des trucs stupides comme ça. Ils n'ont pas besoin de raison.

Gabriel eut un petit rire. Pendant ce temps, le père de Moira se contenta de hausser les épaules, ses yeux verts perçants ne révélant aucune de ses pensées, bien que ses lèvres esquissassent un léger sourire. Gabriel Sr. et mon père semblaient tous deux sortis d'une autre époque. Bien que n'ayant aucun lien de parenté autre que par alliance, ils avaient tous deux des cheveux gris acier, une silhouette mince, et portaient presque toujours un pantalon avec un blazer. Gabriel Sr. avait des yeux verts vifs, contrairement à ceux, bleus, de mon père, et était plus enclin à sourire.

Pour preuve, mon père n'esquissa même pas un sourire et se contenta de prendre une gorgée de son vin. Bien qu'il fût silencieux, je ne doutais pas qu'il enregistrait chaque détail dans son cerveau pour y réfléchir à son rythme.

— Eh bien, Camille m'a innocentée, proposai-je avec un sourire.

Camille me fit un clin d'œil. — C'est exact. Tu ne caches absolument aucun secret sur ce qui s'est passé cette nuit-là. Comme je te l'ai dit, j'appellerai Daniel moi-même. Il me croira sur parole.

— La moindre rumeur sur qui d'autre aurait pu traîner en ville cette nuit-là ? demandai-je à toute la tablée.

— Oh, il y a toujours plein de rumeurs, mais rien de vérifiable. La plupart des gens jacassent sur le retour de Donovan Wick en ville. Il est passé commander des potions hier après-midi, offrit Moira.

— Vraiment ? Et pourquoi donc ? m'enquis-je.

— Je suppose que sa mère lui a demandé de passer la commande. Il m'a dit ce qu'elle voulait et j'ai accepté de les lui envoyer par la poste. J'imagine qu'elle ne savait pas que nous avions une option de commande en ligne pour les potions spéciales destinées aux sorciers et sorcières, expliqua Moira.

— Pour ma part, je suis ravie que Donovan soit de retour en ville, intervint ma mère. C'est toujours une perte pour Charm Cove quand des familles déménagent.

— Tu sais pourquoi ils sont partis ? demandai-je, sans même chercher à cacher ma curiosité.

— Eh bien, leur famille était une vieille famille d'agriculteurs, mais ils avaient vendu une partie de leurs terres au fil des ans. Son père a sauté sur l'occasion d'acheter un verger en liquidation judiciaire dans le nord de l'État de New York, et ils ont déménagé, répondit-elle.

— Oh, répondis-je, m'interrompant pour finir la dernière bouchée de mon aiglefin au beurre citronné.

En grandissant à Charm Cove, il y avait toujours une histoire quelconque sur les familles qui arrivaient ou partaient. Pourtant, celle-ci était plutôt banale.

— Je ne me souviens pas de grand-chose sur les pouvoirs de la famille Wick, ai-je commenté, en regardant ma mère, car c'était très certainement son domaine d'expertise.

Elle a terminé la dernière bouchée de son assiette et a posé sa fourchette. — La famille Wick est en fait assez puissante, a-t-elle fait remarquer. — Comme je suis sûre que tu l'as deviné si tu ne le savais pas déjà, les Wick sont une branche de la famille Wicked. Il y a plus de trois cents ans, une branche a modifié son nom en France, et tous ses descendants ont ensuite porté ce nom.

— Oh, je suppose que je ne savais pas ça, a commenté Moira. — Je ne les considère même pas vraiment comme des parents.

Camille est intervenue : — Ce ne sont pas vraiment des parents. Ce lien était très lointain, même à l'époque. Les noms de famille Wicked et Good chez les sorcières et les sorciers sont l'équivalent du nom de famille américain Smith. Ce n'est pas parce que le nom est partagé qu'il y a encore un grand lien, a-t-elle expliqué avec un petit haussement d'épaules.

Cam s'est penché en avant pour prendre la carafe de vin au centre de la table. Après avoir rempli son verre à moitié, il a jeté un regard autour de lui en tenant la carafe en l'air. — Quelqu'un d'autre ? Comme personne n'a accepté son offre, il l'a reposée en commentant : — Franchement, est-ce que tous les sorciers et sorcières ne sont pas liés d'une manière ou d'une autre ?

— Oh, mais bien sûr, a répondu ma mère. — De la même manière que tous les gens sont parents d'une façon ou d'une autre. Quoi qu'il en soit, pour en revenir aux Wick. Ils ne se sont jamais installés à Salem et ne sont arrivés à Charm Cove qu'une fois la ville bien établie. Après le départ des parents de Donovan, ses grands-parents sont restés ici, principalement à la retraite. Son grand-père était un sorcier très puissant. Il pouvait faire voyager les objets. Ce pouvoir est courant dans cette famille.

J'ai bu la dernière gorgée de vin de mon verre, songeant au commentaire de Donovan sur ses pouvoirs. — Donovan a mentionné que c'était l'un de ses pouvoirs, ai-je suggéré.

— Oh, tu lui as parlé depuis la nuit où tu as vu l'arbre prendre feu ? a demandé ma mère, un léger sourire aux coins des lèvres.

Moira m'a épargné d'autres spéculations en intervenant : — Il se trouvait qu'il était au café hier matin quand nous nous sommes croisées.

Liam a commenté : — Donovan a du pain sur la planche dans l'ancienne maison de sa famille. Depuis combien de temps est-elle vide ?

Gabriel Sr. a répondu : — Plusieurs années. Ses grands-parents ont déménagé à New York pour vivre avec les parents de Donovan après que son grand-père a eu une attaque. La maison est restée vide tout ce temps. Ils avaient quelqu'un qui y jetait un œil, mais c'est une vieille maison.

— Donovan a dit qu'il avait déjà engagé un entrepreneur pour venir jeter un coup d'œil et l'aider à la remettre en état, ai-je dit. — Avant que nous nous écartions trop du sujet, des suggestions sur la façon de découvrir qui d'autre était sur la place cette nuit-là ? Quelqu'un d'autre aurait sûrement pu être debout tard, tout comme Beatrice.

— Je demanderai à Isobel Martin, a proposé Moira.

— Comment le saurait-elle ? ai-je demandé.

Camille a penché la tête sur le côté et a souri légèrement. — Eh bien, Isobel est une commère fiable, donc s'il y a quelque chose à trouver, elle en a généralement entendu parler. Cela dit, sa mère vit près de l'ancienne maison de la famille. Elle fréquente aussi Morris de l'*Ink Spot*, donc elle est toujours au courant de tout ce qui se passe en ville.

— Qui de l'*Ink Spot* ? ai-je demandé.

— Morris Bishop. Sa femme est décédée il y a plus de deux ans, et le mari d'Isobel est mort l'année dernière, donc ils sont tous les deux veufs. Ils habitent au-dessus de Hardware Charm. Si tu te souviens, Morris tient ce magasin depuis des années, et la famille de son frère gère l'*Ink Spot*. Cette compagnie leur fait du bien à tous les deux, est intervenue ma mère.

— En parlant de ça, demain paraît la revue hebdomadaire de l'*Ink Spot*, donc je suis sûr qu'il y aura un article sur l'incendie de l'arbre, a commenté Cam, en faisant référence au seul journal local de Charm Cove.

CHAPITRE HUIT

Le sapin baumier bien-aimé de Charm Cove réduit en cendres

Les habitants de Charm Cove se sont réveillés face à un spectacle aussi surprenant que triste. Le sapin baumier bien-aimé au centre de la place du village, un arbre planté il y a plus de 300 ans, a été retrouvé calciné au lever du soleil hier matin.

Tard la nuit précédente, selon le chef de la police de Charm Cove, Daniel Levesque, une résidente dont la maison est adjacente à la place a appelé les urgences en voyant l'arbre en flammes.

Rien d'autre n'a brûlé, et la cause de l'incendie demeure un mystère.

Selon la police, deux témoins ont été interrogés. Juliette Good rentrait de Boston, et Donovan Wick était également présent après s'être rangé sur le côté lorsque sa voiture a légèrement dérapé sur une plaque de verglas avant de heurter un trottoir. Il craignait que sa jante ne soit cabossée.

D'après Beatrice Powers, la résidente qui a remarqué l'incendie, elle avait également vu une autre silhouette marcher de l'autre côté de la place, ainsi qu'un groupe de personnes qu'elle a supposé être des adolescents. La police a demandé à toute personne disposant d'informations sur les autres personnes présentes sur la place et à ces résidents eux-mêmes de se manifester pour fournir toute information utile.

Pour l'heure, la police n'a aucune raison de soupçonner Mme Good ou M. Wick d'être impliqués dans l'incendie.

Dans les autres nouvelles locales, le conflit concernant l'entretien des routes et le contrat lucratif pour la ville se poursuit. Le fait que M. Wick ait dérapé sur une plaque de verglas est un excellent exemple des diverses plaintes que les bureaux de la mairie reçoivent quotidiennement.

Pour les résidents plus récents, la famille Good, le père de Juliette Good en fait, gérait l'entretien des routes dans le cadre de sa plus grande entreprise. Une petite branche de son activité concerne l'équipement lourd et l'entretien pour diverses villes. Dans notre région, c'est une affaire rentable en hiver. Un autre entrepreneur local s'étant manifesté et s'étant plaint de favoritisme, le conseil municipal de Charm Cove a voté pour offrir deux contrats cette année.

John Corey gère l'entretien des routes pour la moitié de la ville, l'entreprise de la famille Good gérant l'autre moitié.

Selon la réceptionniste de la mairie, des plaintes affluent concernant le service de M. Corey. On le soupçonne d'essayer d'économiser de l'argent en lésinant sur le sablage et le salage et en attendant trop longtemps pour déneiger pendant les tempêtes de neige.

*Il se trouve que Donovan Wick a dérapé sur une plaque de verglas dans la section même de la ville gérée par M. Corey. De l'avis de la rédaction de l'*Ink Spot, *il y a une différence notable par rapport au service auquel les habitants sont habitués pour l'entretien des routes.*

À ce jour, le conseil municipal n'a pas décidé de réexaminer les contrats pour cet hiver. Les habitants de la ville demandent à ce qu'il le fasse dès que possible.

En prenant une bouchée de mon scone, j'ai levé les yeux vers mon frère Liam, de l'autre côté de la table basse. — Ouah. Qui aurait cru que l'entretien des routes pouvait être un sujet si litigieux ?

J'ai refermé le journal et l'ai plié soigneusement, le poussant au bord de la table. Liam et moi n'avions pas prévu de nous retrouver pour un café, mais il est passé au Magic Beans après une réunion, et il se trouvait que j'étais là. Ses yeux bleus ont pétillé pendant qu'il haussait les épaules. — L'entretien des routes est un sujet brûlant. C'est important pour les gens.

— Qu'est-ce que Papa pense de tout ça ? ai-je demandé.

— Il pense que les gens ont raison, que John Corey lésine pour s'économiser un peu d'argent. Nous, on ne se plaint pas, et on reste en dehors de ça. Le conseil municipal doit prendre sa propre décision. D'après Papa, John se plaint de favoritisme pour ce contrat depuis plus de dix ans. Il voit ce contrat comme un moyen de se faire de l'argent.

— Eh bien, ça n'est pas le cas ? ai-je rétorqué.

— Bien sûr que si. Mais il faut faire du bon travail et prendre soin des routes. Il essaie de gonfler ses marges, a répondu Liam.

— Tu vas à la réunion municipale la semaine prochaine ?

Liam a secoué la tête. — Je ne suis pas sûr, mais ça m'étonnerait. Comme je travaille pour l'entreprise familiale, ma présence pourrait envenimer les choses. Même si ce n'est pas moi qui gère cette partie, c'est comme ça. Je vais y réfléchir, mais je suis sûr que Moira y sera. Elle a failli avoir un accrochage il y a quelques semaines, alors elle a son opinion sur la question.

— Eh bien, moi, j'y vais, ai-je lancé. J'ai failli me faire emboutir en arrivant en ville ce matin. Ce n'est vraiment plus pareil. Je n'avais jamais même pensé à l'état des routes. Je sais que ce n'est pas Papa qui s'occupe de l'entretien lui-même, mais l'équipe qu'il dirige fait un excellent travail, et je ne l'avais même pas remarqué. Maintenant, je le remarque.

Liam a eu un petit rire. — On est dans le Maine. Il y aura toujours des problèmes avec les routes en hiver, parfois.

— Bien sûr, mais je pense qu'ils pourraient faire mieux. C'est tout.

Liam s'est interrompu pour siroter son café. En le reposant, il m'a observée. — Maman est ravie de t'avoir à la maison.

— Ça fait du bien d'être ici.

— Je suis aussi soulagé que Maman puisse se concentrer sur la personne que tu vas épouser, a-t-il ajouté avec un sourire en coin.

J'ai ri. — Elle n'a pas dit un mot. Quoi qu'il arrive, il n'y aura jamais autant de pression sur moi que sur toi. Je ne suis pas destinée à épouser quelqu'un, et mon mariage n'a aucun effet sur le reste du monde des sorciers.

Liam a esquissé un grand sourire avant de finir son café. — C'est vrai. Bon, il faut que je retourne au bureau. Ne te fais pas rare, a-t-il dit en se levant de la table.

Je me suis levée avec lui, enfilant ma veste et enroulant mon écharpe autour de mon cou. — Comme si c'était possible. Je t'ai vu presque tous les deux jours. Quand est-ce que je me suis déjà faite rare quand je suis dans le coin ? ai-je demandé alors que nous sortions du café.

Liam a eu un petit rire. — Jamais. C'est juste une expression.

Après leur avoir fait un signe de la main sur le trottoir, j'ai fait demi-tour et j'ai descendu la rue en direction de la quincaillerie Hardware Charm. D'après ma mère, la mère d'Isobel Martin aidait maintenant occasionnellement au comptoir. J'espérais pouvoir lui poser quelques questions bien placées.

Il y avait beaucoup de choses dont on pouvait se plaindre dans une petite ville, notamment le fait que tout le monde se mêlait des affaires des autres. L'avantage, c'est que tout le monde se mêlait des affaires de tout le monde, et que c'était parfaitement normal et attendu.

L'air sentait la neige qui approchait. En levant les yeux vers le ciel, je constatai qu'il était d'un gris ardoise à perte de vue. Alors que je m'arrêtais au coin de Wicked Way et de Good Lane, j'ai regardé en direction de l'océan. La ligne d'horizon se fondait dans l'eau, et l'océan se confondait avec le ciel ; rien que des nuances de gris.

Faisant volte-face, j'ai repris ma marche et je me suis arrêtée en arrivant à Hardware Charm. Comme beaucoup de boutiques du centre-ville de Charm Cove, elle était installée dans une vieille maison de style colonial. Je savais que l'étage était occupé par Isobel Martin, ainsi que par sa mère âgée et le petit ami de celle-ci, le sorcier qui tenait la quincaillerie.

J'ai souri en entendant la clochette tinter au-dessus de ma tête lorsque j'ai poussé la porte. La vieille quincaillerie n'avait pas beaucoup changé depuis que j'étais petite fille. Franchement, je soupçonnais qu'elle n'avait pas beaucoup changé au cours des derniers siècles. Oh, ils avaient certainement modernisé ce qu'ils vendaient, même si je ne supposais pas que les clous et les vis aient tellement changé.

La disposition de base du magasin était restée la même. Le large plancher en chêne était usé jusqu'à devenir brillant à force de pas et de siècles de cirage. De vieilles étagères en bois longeaient les murs, avec un comptoir au fond. Le plafond était en tôle emboutie et un ventilateur de plafond tournait paresseusement, même en plein hiver, soi-disant pour faire descendre la chaleur à cette époque de l'année.

Le magasin était silencieux tandis que je descendais l'allée centrale, remarquant les étagères bien organisées avec des sections soigneusement étiquetées. Quand je suis arrivée au comptoir du fond, j'ai été surprise d'y voir Isobel Martin. J'avais espéré tomber sur sa mère, mais trouver Isobel ici était une aubaine. Isobel était une commère, je pouvais donc compter sur elle pour me dire tout ce qu'elle savait.

Étant donné que la source en question était sa mère, j'espérais vraiment que celle-ci se confiait à elle.

— Bonjour, Isobel, ai-je dit en m'arrêtant devant le large comptoir en bois. Le comptoir s'étendait sur toute la longueur du fond du magasin, avec divers articles sur les étagères derrière.

Isobel a levé les yeux, ses yeux ronds et bruns se plissant aux coins lorsqu'elle m'a souri. — Eh bien, bonjour, Juliette. La rumeur dit que tu es de retour en ville pour de bon après ta visite pendant les fêtes.

Les yeux bruns d'Isobel étaient assortis à ses cheveux, tirés en arrière en un chignon serré. Elle était toute en rondeurs, avec des joues rebondies, un doux sourire et un air maternel et doux. La famille d'Isobel était une famille de sorciers, bien que pas la plus puissante. C'était toujours agréable de ne pas avoir à s'inquiéter d'être prudente dans la conversation.

Non pas qu'il faille s'inquiéter plus que ça à Charm Cove, mais il y avait suffisamment d'habitants qui n'étaient pas du genre surnaturel, y compris certains qui n'avaient aucune idée de notre existence, pour que les sorcières et les sorciers doivent encore faire preuve de prudence.

— Je *suis* rentrée pour de bon, Isobel, et ça me fait vraiment plaisir de te voir.

Même si j'étais là pour chercher des informations, j'ai senti le besoin de donner un prétexte à ma présence autre que le pur commérage. — Je me demandais si vous vendiez des clous pour accrocher les tableaux et ce genre de choses ici. J'ai quelques trucs à accrocher depuis que j'ai déménagé.

C'était vrai. C'est juste que je ne savais pas exactement où j'allais accrocher quoi que ce soit, ni combien de temps je resterais chez mes parents.

— Bien sûr qu'on en a, a dit Isobel en se dépêchant de sortir de derrière le comptoir.

Je l'ai suivie dans l'une des allées, m'arrêtant à côté d'elle quand elle a désigné une section sur les étagères. J'ai pris plusieurs attaches pour tableaux. — Je ne savais pas que tu travaillais ici, ai-je commenté en la suivant jusqu'au comptoir.

— Je donne un coup de main quand c'est nécessaire. Tu ne le sais peut-être pas, mais ma mère et Morris ont trouvé le grand amour sur le tard, a-t-elle dit avec un large sourire. — Je trouve ça tellement romantique. Je veux dire, mon Dieu, ils ont tous les deux plus de quatre-vingts ans. N'est-ce pas la chose la plus adorable qui soit ? Elle a pressé sa main sur son cœur, ses joues rougissant légèrement.

— Certainement, ai-je répondu. — Je pense que c'est ce que nous espérons tous si notre premier amour ne reste pas avec nous pour toujours, n'est-ce pas ?

— Je l'espère bien. Elle a rapidement compté la poignée d'attaches et a encaissé mon achat. — À propos d'autre chose, tu t'es retrouvée en plein milieu de notre dernier événement le soir même de ton retour en ville, a dit Isobel, exauçant mon souhait inexprimé et me donnant un moyen facile de lui demander ce qu'elle aurait pu entendre de sa mère.

— Je sais, tu te rends compte ?

— Eh bien, c'*est* Charm Cove. Tu sais toute la puissance qui gronde dans cette ville.

— Je sais bien, ai-je dit en hochant la tête d'un air entendu, comme si nous partagions une blague. — Tu sais, maintenant que tu en parles, je suis curieuse de savoir si ta mère a pu voir quelque chose cette nuit-là. Je veux dire, ils ont une excellente vue sur la place d'ici.

Isobel a levé les yeux en me faisant glisser un petit sac en papier sur le comptoir. — Oh, tu veux dire si elle était réveillée quand l'arbre a pris feu ?

— Eh bien, oui. C'est Beatrice Powers qui a appelé la police quand elle a vu l'arbre prendre feu depuis sa maison. Je suis sûre que tu as entendu ces horribles rumeurs selon lesquelles elle pourrait être une suspecte, tout ça parce qu'elle a appelé la police, ai-je dit en me penchant sur le comptoir et en parlant à voix basse, même s'il n'y avait personne pour m'entendre.

Isobel a facilement mordu à l'hameçon, s'accoudant au comptoir. — J'*ai* entendu ça. Je dois te dire, je sais qu'il n'y a absolument *aucune* chance que Beatrice ait quoi que ce soit à voir avec ça. C'est l'une des sorcières les plus respectées de Charm Cove.

— Je sais, ai-je dit solennellement. — C'est pourquoi je me demande qui d'autre aurait pu voir quelque chose. D'après Beatrice, elle a vu un homme marcher de l'autre côté de la place, et un groupe d'adolescents. Mais il faisait trop sombre pour qu'elle puisse vraiment les identifier. Tout ce que ta mère ou Morris auraient pu voir pourrait être très utile.

— Tu sais quoi, je vais lui demander tout de suite. Elle est juste en haut en train de déjeuner. Je n'arrive même pas à croire que je n'ai pas pensé à lui demander plus tôt. Attends, a dit Isobel en levant un doigt alors qu'elle décrochait le combiné du téléphone mural derrière le comptoir.

— Maman, est-ce que par hasard tu aurais quelques minutes pour descendre ? a-t-elle demandé avant de marquer une pause pour écouter. — Si j'appelle, c'est parce que Juliette Good est passée. Tu sais qu'elle est revenue s'installer en ville, n'est-ce pas ? Une autre pause et un hochement de tête. — Eh bien, on se demandait si par hasard tu étais debout l'autre soir quand l'arbre a pris feu. Je n'ai même pas pensé à te le demander. Je sais que tu es un oiseau de nuit et que tu ne dors pas très bien. Quoique, ça a peut-être changé dernièrement avec ton nouvel amour.

Isobel a croisé mon regard, les yeux brillants. Après un autre hochement de tête, elle m'a fait un pouce en l'air.

— Eh bien, c'est *très* utile, Maman. Tu sais, on devrait aller le dire à Daniel au poste de police. Je n'arrive pas à croire que je n'ai pas pensé à te poser la question plus tôt.

Il y a eu une longue pause pendant laquelle Isobel hochait la tête, alors que j'attendais avec impatience.

— Oui, d'accord. Disons vers seize heures ? Est-ce que Morris peut s'occuper de la boutique pour la dernière heure afin qu'on puisse voir

Daniel avant qu'il ait fini sa journée ? D'accord, parfait. J'ai le temps cet après-midi.

Isobel a finalement raccroché et s'est tournée vers moi, rayonnante.

— Bon, elle n'a pas vu l'arbre prendre feu, mais elle a bien vu John Corey se promener sur la place du village. Il habite de l'autre côté, donc ce n'est pas inhabituel qu'il soit dehors. Elle n'y a pas prêté attention jusqu'à ce que je l'appelle à l'instant.

— Même si elle ne connaissait pas tous les enfants qu'elle a vus, elle a dit qu'un groupe de jeunes jouait au frisbee sur la place avant qu'il ne se fasse trop tard. L'un de ces enfants était Timmy Rogers. Je ne peux *pas* croire que je n'ai pas pensé à l'interroger là-dessus avant. Bien sûr, ma mère peut être un peu tête en l'air, donc ça ne m'étonne pas qu'elle n'y ait pas plus pensé. Elle a précisé qu'elle voyait ces jeunes là-bas la plupart du temps. Bref, on va en parler à Daniel à quatre heures cet après-midi.

— Je suis tellement contente d'avoir pensé à te demander. À propos, n'est-ce pas John Corey qui a le contrat pour une partie de l'entretien des routes de la ville cet hiver ?

Isobel a soupiré et plissé les yeux en secouant la tête.

— Oui. C'est bien lui. Tu peux être sûre que je *serai* à cette réunion municipale. Je ne sais pas ce que tu en penses, mais il n'entretient *pas* les routes comme il se doit. J'en ai vraiment assez. Il a pris le contrat, et maintenant il fait des économies de bouts de chandelle.

J'ai hoché la tête en signe de compassion.

— Je suis bien d'accord. Je ne suis pas rentrée depuis longtemps, mais j'ai vraiment remarqué une différence. Avant, je ne pensais même jamais aux routes.

— C'est exactement ce que je veux dire, a soufflé Isobel. Tu ferais mieux d'aller à la réunion municipale, toi aussi.

— C'est déjà prévu. Si je ne te vois pas avant, je suis sûre de te voir là-bas.

Marquant une pause, j'ai jeté un œil à l'horloge au-dessus du comptoir.

— Je dois y aller, mais j'étais ravie de te voir, Isobel. Merci d'avoir pensé à appeler ta mère. Personne ne veut que Beatrice soit suspectée.

— Ou toi ! a-t-elle lancé.

J'ai réprimé un soupir.

— Je suis sûre que ton pouvoir a mûri, mais je me souviens de toi quand tu étais adolescente, ma chère. Bien que ma famille n'ait pas le pouvoir des Good, je comprends que la gestion des pouvoirs électriques est un peu délicate. J'espère vraiment qu'il n'y a pas eu d'accident.

J'ai dû serrer les dents. J'avais envie de laisser échapper que Camille s'était en fait assise à côté de moi, avec ma permission, pour sentir si je cachais des secrets et qu'elle avait confirmé que ce n'était pas le cas. Mais en l'occurrence, j'ai estimé qu'il était plus important de laisser les ragots s'éteindre naturellement.

J'ai esquissé un sourire, en espérant que ma tension ne se voyait pas sur mon visage.

— Il y a certains défis, c'est vrai, mais je n'ai rien à voir avec l'incendie de l'arbre. Je n'ai rien à cacher, et j'espère vraiment qu'on pourra tirer toute cette affaire au clair.

J'ai été soulagée quand un autre client est entré, me permettant ainsi d'échapper à la suite de la discussion. D'un signe de la main et avec un sourire, je suis partie, soulagée de retourner dehors dans le froid mordant. L'odeur de neige dans l'air s'était transformée en véritable neige, et des flocons tombaient du ciel. Ils étaient petits et compacts, et j'ai senti qu'une tempête se préparait.

CHAPITRE NEUF

« Sérieusement ? » demanda Donovan, les lèvres esquissant un sourire en coin.

Ses sourires en coin étaient dangereux. Chaque fois que j'en voyais un, je sentais des papillons s'envoler dans mon ventre. Je pris une gorgée de mon vin et hochai la tête. « Très sérieusement. Le lycée, ici, c'était un genre de folie bien particulier. Entre les sorciers et sorcières qui découvraient leurs pouvoirs et les hormones en ébullition. »

Donovan se pencha en arrière sur sa chaise, son sourire s'élargissant. « Je regrette presque de ne pas avoir grandi ici. »

Je penchai la tête sur le côté, songeuse. Même si je pouvais imaginer une enfance loin de Charm Cove, ayant moi-même fait mes études universitaires ailleurs, l'idée de vivre dans un endroit où j'aurais dû cacher mes pouvoirs presque constamment me rendait un peu triste. Apprivoiser mes pouvoirs avait déjà été un défi, et ce, dans un endroit où j'étais très entourée.

« Ça a été difficile ? » demandai-je.

Donovan resta silencieux un instant avant de hausser les épaules. « Je ne crois pas. Enfin, ce n'est pas comme si je pouvais me promener ici en jetant des sorts à tout bout de champ. C'est juste que mes parents se sont assurés que je comprenne que nous devions être très prudents et ne pas en parler aux autres enfants. Ici, on connaît tous les familles sûres. Mes parents ont pris leur décision pour des raisons financières à l'époque, mais je pense que parfois, ils se demandent si c'était le meilleur choix. Maintenant que mes deux grands-parents sont décédés et que mes parents prennent de l'âge, je pense qu'ils pourraient revenir. J'adorerais les avoir ici. »

« Ils s'installeraient dans la même maison ? »

Donovan haussa les épaules d'un air détendu. « Je suis en train de rénover la maison principale et une maison d'amis sur la propriété juste à côté. Je n'ai certainement pas besoin de cette immense vieille ferme pour moi tout seul. Je m'occuperai des rénovations, et on verra bien s'ils décident vraiment de déménager ici », expliqua-t-il.

« Si ça ne te dérange pas que je te demande, qu'est-ce que tu fais dans la vie ? »

« Bien sûr que ça ne me dérange pas. Je suis ingénieur. Je travaille comme consultant. C'est pratique, car je peux faire une grande partie du travail en ligne et me déplacer quand c'est nécessaire. »

« Quel genre d'ingénierie ? »

« Ingénierie mécanique. Je travaille sur des plans pour des fusées, entre autres. »

« Oh, ouah, c'est cool. Tu peux dire aux gens que tu es un ingénieur en aérospatiale. »

Donovan m'adressa un sourire ironique. « J'imagine qu'on a un peu sauté toutes les questions de base, hein ? » Mon estomac fit une petite cabriole. « Et toi, Juliette, qu'est-ce que tu fais ? »

Je pris une gorgée d'eau et haussai les épaules. « Il faut que je trouve. Je viens de finir mes études supérieures, même si ça m'a pris quelques années de plus parce que j'ai fait une pause de deux ans après l'université. »

« Tu as un diplôme en quoi ? »

« En comptabilité. C'est donc ce que je prévois de faire. Il faut juste que je trouve comment exactement. Je pourrais travailler pour ma famille si je le voulais. Mon père dirige une société d'investissement avec quelques autres entreprises annexes. »

« Y compris une entreprise de déneigement, si j'ai bien compris », commenta Donovan.

« Oh, laisse-moi deviner. Tu as aussi entendu parler des batailles pour l'entretien des routes ? »

« Bien sûr. Je n'aurais jamais pensé avoir un avis sur l'entretien des routes, mais c'est le cas. On m'a dit que je devrais aller à la réunion municipale la semaine prochaine. »

« Allons-y ensemble », dis-je en posant un coude sur la table. « J'ai besoin de compagnie et j'ai l'intention d'y aller. »

CHAPITRE DIX

Une serveuse s'arrêta à notre table à l'Enchanted Spirits. — Bon, qu'est-ce que je vous sers ? demanda-t-elle en rejetant sa tresse blonde par-dessus son épaule.

— Je vais prendre une margarita, répondis-je en jetant un coup d'œil à Donovan, assis à côté de moi.

—Je prendrai la bière pression maison, dit-il.

— Pareil. Et toi ? demanda mon cousin Nathan, son regard glissant vers Liam et Moira.

Liam hocha la tête. — Ça me va. Je suppose que tu veux un verre de vin, répondit-il en regardant Moira.

Voyant son signe de tête affirmatif, la serveuse s'éloigna. — Pourquoi on ne prendrait pas un pichet de bière maison ? lança Cam en arrivant à la table, tirant la dernière chaise vide pour s'asseoir.

— Alors, une margarita, un pichet de bière maison avec quatre verres, et un verre de vin. J'ai bien tout noté ? demanda la serveuse.

— Et deux paniers de rondelles d'oignon, ajouta Nathan.

— Compris, dit-elle avant de s'éclipser.

Il y avait foule à l'Enchanted Spirits ce soir. Mais c'était habituel, même en hiver. Certains soirs d'hiver, le bar était plus bondé qu'en été, pendant l'afflux de touristes. Si les touristes faisaient tourner les restaurants et les bars de la ville pendant les mois d'été, les longs hivers froids et sombres attiraient les habitants vers des lieux où l'on trouvait de la compagnie, de la nourriture et de la bonne humeur.

Ce sentiment de camaraderie et de réconfort m'avait manqué. Charm Cove était mon chez-moi, et des endroits comme l'Enchanted Spirits étaient imprégnés d'une chaleur familière. Ce bar existait depuis quelques siècles. Bien que les propriétaires l'aient modernisé, la vieille demeure de l'époque coloniale dont il occupait le rez-de-chaussée était chargée d'histoire. Le large plancher en bois franc était usé par des siècles de passages. Un bar en bois avec des installations en laiton longeait le mur du fond. Des banquettes entouraient l'espace parsemé de tables, et un coin était réservé aux parties de billard.

Les sorcières et les sorciers ne se sentaient jamais mal à l'aise ici, étant donné qu'à tout moment, ils constituaient la majorité de la clientèle. Je n'avais pas prévu de retrouver Donovan ici ce soir. Mais quand je l'ai vu marcher devant moi sur le trottoir, la tête baissée alors que le vent glacial soufflait dans les rues, j'ai crié son nom. Il s'est retourné en me faisant un signe de la main, et je l'avais impulsivement invité à se joindre à nous.

Même si je ne savais pas trop où nous en étions au-delà d'un unique rendez-vous, Donovan était là maintenant, et je voulais qu'il se sente accueilli de nouveau au sein du monde magique de Charm Cove. Et quelle meilleure façon de le faire que dans un bar avec une bande d'amis tous sorcières et sorciers ?

Liam, mon frère aîné parfois surprotecteur, capta mon attention, son regard interrogateur faisant la navette entre moi et Donovan. Je plissai les yeux vers lui, le suppliant de ne rien imaginer. Une lueur subtile apparut dans son regard, et j'étouffai un soupir.

— Alors, Donovan, où en sont les choses avec les entrepreneurs pour les travaux de votre ancienne maison de famille ? demanda Liam d'un ton détendu.

Donovan haussa une épaule avec un geste désinvolte. — Les devis sont plus élevés que je ne le voudrais, mais ils restent tous dans les limites du raisonnable. Malheureusement, plus personne n'a séjourné dans la maison depuis plus de dix ans, donc elle a besoin de sérieuses rénovations, dit Donovan en secouant la tête. Le bon côté, c'est que ça me donne une excuse pour investir dans des améliorations.

Nathan eut un petit rire. — C'est une vision optimiste. Rénover ces vieilles maisons coûte parfois les yeux de la tête.

Notre serveuse arriva pour nous apporter nos boissons. Alors qu'elle s'éloignait, un de mes ex plus ou moins officiels s'arrêta à notre table. — Salut, Juliette, dit Lyle.

J'espérais qu'il ne choisirait pas de s'attarder. Lyle et moi étions sortis ensemble pendant une courte période au lycée. Ça s'est terminé brusquement quand j'ai découvert qu'il se montrait gentil dans l'espoir de me convaincre d'utiliser mes pouvoirs électriques à des fins malveillantes. Lyle était un sorcier à part entière, mais sa famille se situait au bas de l'échelle en termes de puissance, et il n'était capable que de sorts de base. Bien qu'il fût séduisant, il se mettait constamment dans le pétrin pour des délits mineurs.

Je réussis à esquisser un sourire poli. — Salut, Lyle. Comment ça va ? demandai-je, m'efforçant de garder un ton neutre.

— Ça va très bien. J'ai entendu dire que ta première soirée en ville avait été plutôt intéressante, lança-t-il avec un ricanement.

Liam lui jeta un regard. — Mais de quoi est-ce que tu parles ? demanda-t-il, le ton soudainement sur la défensive.

— Oh, l'arbre sur la place du village. J'ai pensé que Juliette avait dû avoir un autre accident, expliqua Lyle.

Je grognai presque, puis je sentis le bras de Donovan se glisser sur mes épaules. — Il n'y a eu aucun accident, intervint Donovan. J'étais là, et Juliette n'était nulle part près de l'arbre.

Quelqu'un appela le nom de Lyle, et avec un autre sourire narquois, il tourna les talons et s'éloigna. — Mon Dieu, il est tellement imma-ture, marmonnai-je avant de prendre une généreuse gorgée de ma margarita.

— Oh, pff, ignore-le, dit Moira.

Je soupirai et attrapai une rondelle d'oignon. Avant de la croquer, j'ajoutai : — Je suis juste contente qu'on ait compris assez vite qu'il n'y avait pas eu d'accident impliquant mes pouvoirs. J'ai même demandé à ta mère de faire son truc.

Donovan parut légèrement confus en regardant alternativement

Moira et moi. — Un des pouvoirs de sa mère est de sentir les secrets. Alors je lui ai demandé de vérifier pour confirmer que je ne cachais rien à propos de cette nuit-là, expliquai-je.

Les sourcils de Donovan se haussèrent et un rire lui échappa. — D'accord, je vois.

Je trempai une rondelle d'oignon dans la sauce miel-moutarde, en pris une bouchée et haussai les épaules. — Bah, je ferais n'importe quoi pour blanchir mon nom.

— Est-ce que tu as eu des nouvelles d'Isobel après qu'elle et sa mère sont allées parler à Daniel ? demanda Moira en piochant quelques rondelles d'oignon, tandis que Liam, Cam et Nathan semblaient faire un concours à qui en mangerait le plus.

Jetant un regard à Donovan, je lui fis remarquer : — Tu ferais mieux de prendre des rondelles d'oignon si tu en veux, avant qu'il n'y en ait plus.

Il me serra l'épaule avant de retirer son bras pour attraper sa bière. Me tournant vers Moira, je répondis : — Rien de plus que ce qu'elles m'ont déjà dit. Le gamin qu'elles ont identifié, c'était Timmy Rogers, alors Daniel compte aller le voir. Elles ont aussi vu John Corey là-bas, mais il habite de l'autre côté de la place communale, donc ce n'est pas si étrange. C'est peut-être juste une coïncidence qu'ils se soient trouvés dans le coin.

— Depuis quand est-ce que quoi que ce soit est une coïncidence à Charm Cove ? songea Cam entre deux bouchées de rondelles d'oignon.

Nathan eut un petit rire avant de saucer une énorme noix de miel-moutarde avec la dernière rondelle d'oignon. — Presque jamais. Son regard se tournant vers moi, il sourit. — Au moins, toi, personne ne t'a jeté un sort d'amour farfelu.

Donovan avait l'air perplexe, alors Moira combla les vides pour lui. — Vous avez raté tout le spectacle. L'été dernier, environ un mois avant que Liam et moi soyons censés nous marier, une sorcière de Louisiane est venue ici. Il se trouve qu'elle avait beaucoup travaillé sa magie d'appel. Elle a ensorcelé Nathan, et il est tombé éperdument amoureux d'elle.

Je ne pus m'empêcher de ricaner. Pendant ce temps, Cam hochait vigoureusement la tête. — Ouais, tu aurais dû le voir. C'est moi qui l'ai trouvé sur les quais de Portland, à errer comme un idiot sentimental.

Nathan secoua la tête avec un soupir. — C'est toujours aussi embarrassant. J'avais l'air d'un imbécile, et elle s'était trompée de Good.

Donovan haussa un sourcil interrogateur.

— Comme tu as déménagé juste après le CP, tu ne te souviens peut-être pas qu'il y avait un vieux sortilège entre les familles Wicked et Good. Une fois par siècle, le sort voulait qu'un Wicked et un Good se marient pour maintenir la paix entre les deux familles. Tout ça à cause d'une vieille querelle sordide et d'un sort qui a mal tourné il y a quelques siècles, expliquai-je.

Donovan regarda autour de la table, le regard incrédule. — Je ne peux pas dire que je m'en souvienne. Vous êtes sérieuses ?

Nathan leva les yeux au ciel. — C'est la pure vérité, mec. Pour en revenir à ce sortilège d'amour, elle a cru que j'étais le Good prédestiné à la place de Liam. Dieu merci, j'imagine. J'ai été l'agneau sacrifié à son chant de sirène. Bref, revenons à ce que je disais. Que les gens pensent que tu as eu un accident avec tes pouvoirs électriques, ce n'est rien comparé au fait d'être réellement sous l'emprise d'un sort de sirène et d'agir comme un idiot transi d'amour.

Donovan gloussa. — Eh bien, j'imagine que ça n'a *pas* dû être amusant.

Je sirotai ma margarita, songeant à la façon dont les tracas habituels des petites villes prenaient certainement une tournure unique à Charm Cove. J'espérais seulement pouvoir me défaire des soupçons concernant l'affaire de l'arbre. Je supposais que je devais m'estimer heureuse que personne n'ait été blessé.

Alors que nous quittions l'Enchanted Spirits plus tard dans la soirée, John Corey marchait dans la rue. C'était un sorcier âgé, dont je ne connaissais pas vraiment la famille. Même si nous nous connaissions tous de vue à Charm Cove, comme partout ailleurs, les cercles de connaissances n'interagissaient pas tous. Sa famille était discrète et taciturne, restant la plupart du temps dans son coin.

Il leva les yeux juste au moment où je m'arrêtais près de ma voiture. La lumière des lampadaires au-dessus de nous fit briller ses cheveux argentés. Il avait les mains fourrées dans ses poches, et ses yeux se plissèrent dès qu'ils se posèrent sur moi. — Une des sorcières Good, marmonna-t-il. — Votre famille est une plaie, et avide par-dessus le marché.

Comme je n'avais pas de bonne répartie à cela, je l'ignorai. Au moment où j'appuyai sur le bouton de ma télécommande pour déverrouiller ma voiture, il s'approcha, sa main se refermant sur mon coude. Un frisson de malaise me parcourut, et une boule de tension se forma dans mon ventre.

— Excusez-moi, dis-je en le regardant, sentant ce petit picotement au bout de mes doigts. Quand je me sentais menacée, ma magie picotait juste au bout de mes doigts.

— Hé ! lança une voix de l'autre côté de la rue.

Levant les yeux, je vis Donovan traverser la rue vers nous d'un pas rapide, depuis sa voiture garée presque en face de la mienne. Une vague de soulagement m'envahit. Je n'avais aucune idée de la raison pour laquelle cet homme en voulait à ma famille, mais j'étais soulagée de ne pas être seule pour gérer ça.

John relâcha vivement mon coude et recula. Le temps que Donovan arrive à mes côtés, il tournait déjà les talons pour s'éloigner.

— Ça va ? demanda Donovan à voix basse.

— Euh, oui, ça va, dis-je en regardant l'homme s'éloigner.

— Tu le connais ? demanda Donovan alors que je me tournai pour lever les yeux vers lui.

— C'est John Corey, le type même dont tout le monde se plaint à propos de la route. Il a l'air très en colère contre ma famille. Pourquoi pense-t-il que j'ai quoi que ce soit à voir avec ce qui le contrarie, je n'en ai aucune idée.

Donovan regarda le long du trottoir alors que John disparaissait de notre vue en tournant dans une des rues transversales.

— Je sais que c'est un sorcier, mais il n'a pas l'air d'avoir toute sa tête. Tu vois ce que je veux dire ?

— Oh, ça, on peut le dire. Il est un peu dérangé, commenta Donovan.

Quand je levai de nouveau les yeux vers Donovan, je pris une conscience aiguë de l'endroit où sa main s'était posée, juste entre mes omoplates, lorsqu'il s'était arrêté près de moi. La chaleur de sa paume filtrait à travers ma veste d'hiver. Mon ventre se mit à papillonner comme il le faisait chaque fois que je prenais trop conscience de sa présence.

C'était comme si l'air était rempli d'étincelles qui rebondissaient, une électricité qui scintillait autour de nous. Donovan resta silencieux quelques instants. J'essayai d'inspirer un peu d'air, mais mon pouls s'emballait, et tout ce que je parvins à faire fut de prendre une courte inspiration.

Penchant la tête, Donovan effleura mes lèvres des siennes. Le contact subtil envoya une décharge de chaleur à travers tout mon corps. Quand il se recula, ses yeux brillaient sous les lampadaires. — Tu me plais, Juliette, dit-il, sa voix basse dans l'air glacial.

Une rafale de vent souffla dans la rue à ce moment-là, me faisant frissonner. — Je sais que tu vas à la réunion municipale, mais je suppose qu'on pourrait aussi dîner de nouveau ensemble bientôt ? demanda-t-il.

Je sentis ma tête hocher avant même de réaliser que j'étais déjà en train de lui répondre. Donovan me plaisait. Vraiment beaucoup.

— Excellent. Il fait froid, et tu dois monter dans ta voiture et rentrer chez toi, dit-il avec un lent sourire, provoquant une nouvelle envolée de papillons dans mon ventre. — Et si on allait dîner tard après la réunion municipale demain soir ?

— J'adorerais.

Son sourire s'élargit alors que nous étions là. Une autre bourrasque de vent m'ébouriffa les cheveux. Il m'a contournée pour ouvrir la portière conducteur de ma voiture, et l'air chaud qui s'en est échappé m'a enveloppée. Je suis vite montée dedans, le regardant traverser la rue à reculons.

— Bonne nuit, Juliette, a-t-il lancé, juste avant que je ne ferme la portière, plus que soulagée d'avoir le démarrage à distance. J'avais eu la présence d'esprit de démarrer ma voiture avant même de sortir du bar. Une fois la portière fermée, la chaleur m'a enveloppée. Le doux ronronnement du chauffage et l'air chaud qui en sortait ont apaisé les frissons qui me parcouraient.

En rentrant chez moi, j'ai repensé au commentaire de Donovan selon lequel John Corey semblait un peu bizarre. Honnêtement, je ne le connaissais pas assez bien pour avoir un avis, mais il *semblait* vraiment étrange. Je n'ai pas pu m'empêcher de m'interroger sur ce vœu que j'avais fait dans la fontaine le soir de mon retour à Charm Cove.

Je me suis brusquement rendu compte que je n'avais entendu parler d'aucun autre incident concernant des vœux faits et exaucés instantanément. Je ne m'étais pas non plus approchée de la fontaine depuis ce jour où j'avais vu ces deux vœux être faits et exaucés presque immédiatement.

CHAPITRE ONZE

— La réunion du conseil municipal de Charm Cove est ouverte, annonça Beatrice Powers, debout devant la salle comble de la mairie.

Comme le brouhaha des conversations persistait, Beatrice souleva le petit marteau posé sur la table devant elle et frappa un petit coup. — Un peu de silence, s'il vous plaît. Nous avons beaucoup de points à aborder ce soir, alors commençons.

Bien que Beatrice fût menue, sa présence était imposante. D'un autre coup sec de son marteau sur la table, les murmures s'apaisèrent. Au bout d'un instant, Beatrice jeta un œil à Anna Goodness qui, en plus de son travail de réceptionniste pour la police et le service de répartition de Charm Cove, était la secrétaire de mairie. Elle transcrivait toutes les réunions importantes de la ville.

— Sommes-nous prêts à commencer, Anna ? demanda poliment Beatrice.

Après qu'Anna eut hoché la tête, Beatrice jeta un regard aux autres membres du conseil municipal de Charm Cove assis à la table devant la salle. Beatrice en était la présidente ; le reste du conseil était un mélange de sorcières et de sorciers, de propriétaires d'entreprises, de membres d'associations à but non lucratif, et ainsi de suite. Une élection avait lieu tous les trois ans, et elle était généralement assez disputée. Charm Cove étant une destination touristique très fréquentée, les décisions de la ville impliquaient que de l'argent était en jeu. Beatrice contourna la table et s'assit.

Donovan, assis à côté de moi, se pencha pour me murmurer à l'oreille : — Est-ce que ces réunions sont toujours aussi bondées ?

Moira, installée de l'autre côté, rit doucement. — Pas toujours à ce point, mais on peut dire qu'il y a généralement du monde, dit-elle à voix basse.

La secrétaire lut la liste des sujets de la soirée. — D'abord, nous aborderons les questions budgétaires. La bibliothèque demande un ajout au budget pour acheter le bâtiment adjacent à son emplacement actuel afin d'agrandir l'espace. Nous discuterons de la question du contrat de voirie, et nous ferons également le point sur l'arbre de la ville.

Une main se leva presque aussitôt dans le public. Beatrice tourna son regard perçant vers la femme qui avait levé la main. — Oui ?

En fond sonore, on entendait le bruit des doigts d'Anna qui volaient sur son clavier tandis qu'elle transcrivait la réunion.

La femme, une dame âgée que je crus reconnaître comme la propriétaire d'une chambre d'hôtes locale, dit : — Nous savons tous que la plupart d'entre nous sont ici pour le problème des routes. Serait-il possible de traiter ce point en premier ?

— Je comprends que vous souhaitiez aborder ce sujet en premier. Cependant, le règlement exige que nous traitions certains points dans l'ordre où ils ont été assignés. De plus, même si nous pouvions réorganiser l'ordre du jour, je crains que ce sujet ne monopolise toute la réunion. Il ne nous faudra pas longtemps pour traiter les autres sujets, expliqua Beatrice.

Il y eut quelques murmures de mécontentement dans l'assistance, mais personne ne contesta. Alors qu'ils commençaient à discuter du budget, je laissai mon regard parcourir la salle. Il y avait de nombreux visages familiers. Mon père avait décidé de ne pas venir, et personne d'autre de ma famille proche n'était présent. Ma tante Lea et mon oncle Jacob étaient assis dans la rangée devant nous. Opal était également là, avec mon oncle Theo à ses côtés.

Me penchant vers Moira, je demandai : — Alors, Liam a décidé de ne pas venir, hein ?

— Oh oui, dit-elle en gardant un ton bas. Nous nous doutions que cette discussion sur les routes risquait de s'envenimer. Le responsable de la voirie de la ville est le neveu de Tom Lewis. Il pense que le contrat devrait être révisé uniquement pour ton père. Il leur en a même parlé lors de la réunion de la semaine dernière. Liam pense qu'il vaut mieux qu'ils restent à l'écart de la discussion et laissent le conseil décider. John Corey fait tout un foin pour ce contrat depuis des années.

Donovan, coincé entre nous, intervint : — Eh bien, il me semble qu'il y voit un moyen d'engloutir l'argent sans le dépenser pour l'entretien réel des routes. Ne vous méprenez pas, je n'ai pas de point de comparaison comme ceux d'entre vous qui ont toujours vécu ici. Mais nous avons notre lot d'hivers dans le nord de l'État de New York, alors je sais ce qu'est l'entretien des routes. Il est clair pour moi qu'il lésine sur le sablage et le salage et qu'il attend que les tempêtes soient trop avancées pour déneiger.

— Je suis d'accord, dit Lea en jetant un regard par-dessus son épaule.

Je réprimai un sourire. Lea n'était pas du genre à se tenir à l'écart d'une conversation. Elle me fit un clin d'œil en croisant mon regard. Même si elle et Opal étaient toutes deux mes tantes, elles avaient chacune épousé un membre de la famille. Opal avait un air plus cassant, tandis que Lea préférait les jupes amples et les chemisiers fluides, avec des grappes de bracelets à ses bras. Ses cheveux majoritairement argentés étaient lâchés aujourd'hui.

Nous nous sommes tous tournés vers l'avant au moment où Beatrice a annoncé qu'il était temps de passer à la discussion sur les routes. — Bien, dit-elle en promenant son regard sévère sur la salle bondée. Le conseil est conscient que de nombreux résidents ont des opinions sur l'entretien des routes cet hiver.

Une main se leva de nouveau dans le public, celle d'un homme âgé. Ses cheveux gris étaient en bataille. — Oui ? dit Beatrice.

— Bien sûr que nous avons des opinions ! Ce sont nos impôts et nous nous attendons à ce que les routes soient entretenues. Puisque vous avez mentionné que le conseil est au courant, pourriez-vous peut-être nous dire combien d'appels de plainte vous avez reçus ?

L'homme se rassit vivement, et Beatrice se tourna vers la secrétaire du conseil. Celle-ci cliqua sur l'ordinateur portable posé à côté d'elle, se penchant en avant pour regarder l'écran. Relevant la tête, elle dit : — Rien que la semaine dernière, nous avons eu trois cents appels. Depuis novembre, le nombre total d'appels a presque atteint un millier.

Une autre main se leva, celle de la mère de Zoe Levesque, Betsy Baker. Sur un signe de tête de Beatrice, Betsy se mit debout. — Eh bien, ça fait certainement beaucoup d'appels téléphoniques. J'aimerais simplement dire que nous pouvons garder cette conversation courtoise. Toutes opinions mises à part, nous avons simplement besoin que nos routes soient entretenues et que nos impôts soient dépensés de manière appropriée.

— Je pense qu'il serait également utile de savoir si la police de Charm Cove pourrait nous fournir des chiffres sur le nombre moyen d'accrochages pendant les mois d'hiver. J'en ai personnellement eu deux dans le secteur du centre-ville qui est couvert par le nouvel entrepreneur. Ce sont les deux premiers accrochages que j'aie eus en plus de trente ans. Je sais conduire en hiver, mais le verglas est difficile à gérer. Merci, dit-elle, ayant clairement dit ce qu'elle avait à dire.

Betsy était une sorcière bien connue à Charm Cove. Elle était très puissante, mais aussi de très bonne nature. Le fait qu'elle soit contrariée... eh bien, ça voulait tout dire.

— Vous savez, nous n'avions pas pensé à inviter Daniel Levesque ici pour fournir ces informations, mais nous pouvons certainement les trouver et les envoyer par courriel à tous ceux qui sont sur la liste de diffusion du conseil, répondit Beatrice.

Une autre main se leva, et un homme se mit rapidement debout. La famille de Zachary Ouellette possédait un certain nombre d'entreprises à Charm Cove. Il ne se trouvait pas que ce soit une famille de sorciers, bien qu'ils soient sympathiques et présents dans la communauté depuis des siècles.

Zachary parcourut l'assistance du regard avant de s'adresser au conseil. — Je pense simplement que nous devons aller droit au but.

Rendez le contrat intégral à la famille Good. Ils l'ont très bien géré pendant des années, et il n'y a jamais eu de plaintes. Je n'ai pas le temps de m'inquiéter de l'état de nos routes. J'ai une entreprise à faire tourner.

Alors que Beatrice hochait la tête, John Corey se leva brusquement, son regard menaçant balayant la salle et s'attardant sur Opal, Lea et moi, les seuls membres de la famille Good dans l'assistance. Enfin, je supposais que Moira comptait maintenant qu'elle était mariée à Liam.

— Mon Dieu, il a l'air en colère, murmura Moira à voix basse.

— Il est un peu cinglé, commenta Donovan. Tu lui as raconté qu'il t'a abordée hier soir dans la rue ?

Moira se pencha vers moi. — De quoi est-ce qu'il parle ? chuchota-t-elle.

— Juste de ça. Je sortais d'Enchanted Spirits hier soir, et il est venu vers moi sur le trottoir, tout furieux, et il m'a attrapé le coude.

— Taisez-vous, je veux écouter, dit Opal en se penchant en arrière sur sa chaise.

— C'est un complot, dit John. Il est parfaitement juste qu'il y ait une saine compétition pour les contrats de la ville.

— Il ne s'agit pas de compétition, cria une voix dans l'assistance. Il s'agit d'utiliser l'argent de nos impôts pour vraiment s'occuper des routes.

Une autre voix intervint : — Et non d'empocher le financement du contrat pour gonfler vos marges et garder l'argent pour vous.

John marmonna quelque chose entre ses dents, tourna les talons et sortit de la pièce en trombe, ses pas résonnant sur le parquet.

La discussion sur la situation des routes se poursuivit dans la même veine. Une fois que tout fut dit et fait, le conseil municipal examina les règlements de la ville et conclut qu'il devait maintenir le contrat tel quel. Sous le regard des habitants, ils votèrent un budget supplémentaire pour les routes et ordonnèrent à l'entreprise de gestion de mon père de prendre le relais.

— Ça ne va faire que contrarier John, chuchotai-je.

— Peut-être, peut-être pas, répondit Donovan. Il peut empocher l'argent, et c'est peut-être tout ce qu'il veut de toute façon.

— Exactement, dit Lea, en jetant un nouveau coup d'œil par-dessus son épaule.

— Et le dernier sujet de la soirée est la dernière mise à jour sur l'arbre qui a pris feu sur la place de la ville, annonça la secrétaire.

— Oh, zut. J'espérais que nous allions manquer de temps pour ça, dis-je en retenant un soupir.

Donovan me jeta un coup d'œil, ses lèvres s'étirant en un léger sourire. — Tu n'y es pour rien. Ne t'en fais pas.

— Sait-on déjà qui a fait ça ? demanda quelqu'un dans l'assistance.

Beatrice secoua la tête. — Toujours pas. La police enquête sur ce qui s'est passé, et nous espérons avoir une réponse bientôt. Nous voulions vous informer qu'après avoir parlé à un arboriculteur, nous pensons que l'arbre se remettra complètement. Nous engageons quelqu'un pour venir faire des travaux afin de couper les branches brûlées et voir ce que nous pouvons faire pour faciliter la nouvelle croissance aussi rapidement que possible.

— Comme c'est un conifère, nous n'avons pas besoin d'attendre le printemps. Vous pouvez tous être assurés que le sapin baumier bien-aimé de la ville sera revenu à la normale d'ici le printemps. Et sur ce, notre temps est écoulé. N'oubliez pas que si vous souhaitez que nous abordions un sujet le mois prochain, il vous suffit de nous envoyer un courriel ou de passer à la mairie pour remplir le formulaire, dit Beatrice.

Une fois la réunion levée, je jetai un coup d'œil à Moira. — Liam a eu de la chance avec l'arbre ?

— Oh oui ! Nous n'avons pas eu l'occasion de te le dire. Il peut absolument le restaurer. Il a bien répondu à son sortilège. Il va le faire progressivement.

— C'est un plan intelligent, commenta Opal en se tournant pour nous regarder. Son regard perçant se posa sur Donovan, et elle inclina légèrement la tête. — Donovan Wick. Je ne vous ai pas vu depuis que vous étiez un petit garçon. Opal Good, si vous ne vous souvenez pas de moi.

Donovan sourit avec aisance. — Je me souviens de vous, Opal. Vous étiez amie avec ma grand-mère, si je me rappelle bien.

— Votre souvenir est exact. C'est bon de vous revoir en ville, même si vos deux grands-parents nous manquent certainement, répondit-elle.

Alors que les personnes présentes commençaient à se lever, nous fîmes de même, sortant avec le reste de la foule. Donovan et moi étions censés aller dîner, et j'espérais qu'il y aurait un moyen de partir avec élégance.

Moira s'arrêta à côté de nous sur le trottoir. — Tu veux venir dîner à la maison ?

Donovan s'était arrêté pour utiliser les toilettes en sortant de la mairie. En la regardant, je sentis mes joues chauffer légèrement. — En fait, je dîne avec Donovan.

— Oh, dit-elle lentement. Vraiment ?

— Oui, dis-je, un sourire tirant les coins de mes lèvres. Je l'aime bien. Nous avons dîné ensemble il y a quelques soirs. S'il te plaît, dis à Liam de garder ça pour lui. C'est juste un dîner.

Moira rit doucement. — Merci de ne pas m'avoir demandé de ne rien dire à Liam. Tu le connais, il est plus sensible que la plupart aux pressions de la famille.

— Oh, je sais, je sais. Non pas que je pense qu'il me mettrait la pression. J'aime juste prendre les choses lentement.

En levant les yeux, je vis Donovan descendre les marches de la mairie. Quand il s'arrêta à côté de nous, Moira me trahit promptement. — Je sais que vous dînez ensemble ce soir, mais que diriez-vous de venir chez nous ce week-end pour une pizza et des bières ?

Donovan me jeta un coup d'œil, une question dans ses yeux. — J'adorerais, mais c'est toi qui décides.

— Si ça te dit, moi je suis partante.

— Ça me va, dit-il avec aisance.

Moira sourit vivement, nous faisant un signe de la main alors qu'elle se tournait pour marcher vers sa voiture. — Samedi soir alors. Disons dix-huit heures ?

— Ça marche, criai-je alors qu'elle partait.

Une fois qu'elle a été hors de portée de voix, Donovan a baissé les yeux vers moi, et j'ai de nouveau senti des papillons s'agiter dans mon ventre. Mes joues se sont empourprées dans l'air froid de l'hiver.

— Où es-tu garée ? m'a-t-il demandé.

— Plus bas dans la rue, ai-je répondu en pointant dans la direction de ma voiture. Il n'y avait aucune place à proximité, vu le monde qu'il y avait à la réunion de ce soir.

Donovan a eu un petit rire. — Je suis garé juste au coin de la rue. Et si je conduisais ? Je te déposerai à ta voiture après le dîner.

Des heures plus tard, j'ai pressé mes doigts contre mes lèvres après être montée dans ma voiture. Le picotement du baiser de Donovan a persisté pendant tout le trajet du retour.

CHAPITRE DOUZE

— Ooooh, dis-je lentement. Alors vous pensez que ce sont peut-être ces jeunes qui ont fait ça ?

Beatrice hocha la tête. — Je pense en effet que c'est une forte possibilité. Comme vous avez eu l'idée de demander à Isobel, Daniel a pu faire un suivi avec eux. L'un des garçons, Timmy Rogers, n'attire que des ennuis. Il a déjà eu quelques démêlés avec la justice.

— Vous en avez parlé directement à Daniel ? demandai-je.

Beatrice secoua la tête juste au moment où une rafale de vent balaya la place du village. Je resserrai ma veste et fourrai mes mains dans mes poches, frissonnant dans l'air froid du matin.

Opal m'avait demandé de passer à Beauty Bewitched ce matin pour la remplacer un petit moment. Si nous avions le temps, elle voulait aussi discuter de la comptabilité. Il semblait que j'allais pouvoir reprendre la comptabilité des diverses entreprises de ma famille. Étant donné que c'était le domaine de mon diplôme, après tout, j'étais contente que ça ait l'air de s'arranger.

Après avoir pris un café au Magic Beans, j'avais croisé Beatrice pendant sa marche rapide habituelle. Elle resserra son écharpe en polaire autour de son cou, répondant : — Pas encore. Mais bien sûr, Isobel m'a mise au courant. Je voulais juste que vous sachiez que vous n'avez plus à craindre d'être tenue pour responsable de cet incendie par accident.

— Ça ne m'inquiétait pas tant que ça, même si je n'aime jamais faire l'objet de rumeurs. J'étais juste triste pour l'arbre.

— Oh, et si vous ne l'avez pas entendu, nous avons un excellent plan pour régler ça. Un de mes amis, qui est un sorcier et arboriculteur à Portland, va nous rendre visite. Il rencontrera Liam pour discuter de la meilleure façon de redonner progressivement sa gloire à l'arbre.

— C'est pratique. Je savais que Liam pouvait réparer l'arbre, mais je suis sûre qu'il appréciera l'avis d'un arboriculteur. Ça tombe bien qu'il soit aussi un sorcier.

Un inconvénient majeur de la magie dans le monde moderne était sa gestion. Charm Cove avait connu un peu trop d'incidents très médiatisés ces dernières années, en particulier l'épisode des marguerites, lorsque toute la ville avait été recouverte de marguerites à cause d'un sort stupide qui avait mal tourné. Les informations nationales, c'était un peu trop pour nous.

— Je suis juste contente que tout s'arrange. Même si personne n'a été blessé, cet arbre est sacré, ajoutai-je.

Beatrice eut un petit rire. — Je ne sais pas si « sacré » est le mot que j'utiliserais. Bien-aimé, peut-être ?

Je souris. — D'accord, un arbre bien-aimé.

Quelques flocons de neige voltigèrent dans le ciel. — Il fait un froid de canard, Beatrice. Terminez votre marche, je vais me mettre au chaud.

Beatrice sourit. — Je vais faire ça, ma chère. Toujours un plaisir de vous voir, Juliette. D'un signe de la main, elle se mit en marche, accélérant rapidement le pas.

Tenant fermement ma tasse de café d'une main, je traversai la place en hâte, levant les yeux en arrivant à la fontaine. Un autre couple se tenait justement devant. Ce couple était du coin, mais ce n'étaient pas un sorcier ou une sorcière. C'était Allison Stanton et Jonathon Green. J'étais allée au lycée avec eux deux.

Allison poussa un cri aigu quand Jonathan se pencha et lui dit quelque chose à l'oreille. Je n'étais pas du genre curieuse, mais je m'arrêtai, car ils étaient près de la fontaine et la curiosité me poussa à le faire.

— Oui ! Oui ! s'exclama-t-elle en lui jetant les bras au cou. Il la rattrapa dans une étreinte, la reposant doucement un instant plus tard alors qu'elle le couvrait de baisers sur le visage.

Jonathon parut légèrement abasourdi en jetant un regard dans ma direction. Je souris. — Bonjour. Je passais juste par là.

Allison se tourna vers moi, tout simplement rayonnante. — Jonathon vient de me demander en mariage. Je pensais que ça n'arriverait jamais.

Le regard de Jonathon passa de moi à elle, puis de nouveau à moi. Il avait toujours l'air assez ailleurs. — J'imagine que oui.

— C'est la chose la plus étrange, Juliette. Je venais *tout juste* de faire un vœu dans la fontaine et boum, il l'a exaucé, expliqua Allison en enlaçant son bras de sa main.

Oh, misère.

J'avais espéré que cette histoire de fontaine n'était qu'une coïncidence bizarre.

— Eh bien, des félicitations s'imposent alors. Je suis si heureuse pour vous deux, réussis-je à dire, ignorant l'anxiété qui bouillonnait en moi. Je n'étais pas anxieuse parce qu'ils se fiançaient, mais parce que je craignais que ma présence ne soit en quelque sorte liée à la réalisation de ces vœux.

Allison rayonna de nouveau. — Merci beaucoup !

Une autre rafale de vent balaya la place, et la neige commença à tomber un peu plus fort. — Restez au chaud et passez une bonne journée. Félicitations encore, dis-je en m'éloignant pour continuer vers la boutique.

Me dépêchant de traverser la rue, je poussai un soupir de soulagement en ouvrant la porte de Beauty Bewitched. Le vent froid et mordant et quelques flocons de neige s'engouffrèrent avec moi. Levant les yeux, je secouai un peu ma veste en l'ouvrant et en déroulant mon écharpe de mon cou.

Le magasin était calme, alors je me dirigeai vers le comptoir. — Opal, appelai-je, en passant la tête par la demi-porte qui menait à la réserve à l'arrière.

— Salut, Juliette, répondit-elle en passant la tête derrière une pile de boîtes dans le coin. Viens à l'arrière si tu veux accrocher ta veste. Elle désigna une rangée de crochets sur le mur près de la porte qui donnait sur le parking extérieur.

Poussant la porte battante, je posai mon café sur une étagère voisine tout en retirant ma veste et en l'accrochant aux crochets près de la porte. Faisant une pause à côté d'Opal, je parcourus du regard les étiquettes sur les boîtes. — Inventaire ?

Opal leva les yeux de son presse-papiers et esquissa un petit sourire. — Bien sûr. Je sais que tu n'es pas venue depuis un moment, mais si tu pouvais m'aider un peu avec ça pendant que tu me remplaces, ce serait super. Tout ce que tu as à faire, c'est de t'assurer que le contenu des boîtes correspond à ce qui est sur cette liste, expliqua-t-elle, soulevant rapidement les papiers sur le presse-papiers et les feuilletant. Tu peux prendre une boîte à la fois à l'avant.

— Bien sûr, répondis-je. Par laquelle dois-je commencer ?

Opal tapota de son stylo le carton qui se trouvait en haut de la pile. Je le soulevai et l'emportai à l'avant, poussant la porte avec mon épaule et faisant glisser la boîte sur le comptoir. Opal me suivit avec une autre, qu'elle posa par terre contre le mur derrière le comptoir.

Se redressant, elle me sourit. — Ne t'inquiète pas, je ne vais pas essayer de te recruter pour travailler ici à plein temps. En revanche, je vais essayer de te recruter pour que tu t'occupes de la comptabilité de la boutique pour moi. Ta mère m'a dit qu'ils essaient de te persuader d'aider avec l'entreprise familiale. C'est bien en comptabilité que tu as obtenu ton diplôme d'études supérieures, n'est-ce pas ?

— Tout à fait. Je serais ravie de m'occuper de la comptabilité ici. J'hésite un peu à la reprendre pour mes parents, parce que ce sont mes parents, mais je penche plutôt dans cette direction.

Opal gloussa, levant une main pour lisser son chignon serré. — Bien sûr. Bon, dit-elle en jetant un œil à sa montre. Mon rendez-vous chez le médecin est dans quinze minutes, il faut que j'y aille.

Elle se dirigea vers l'arrière-boutique. — Opal ?

Elle se retourna, un de ses sourcils bruns se haussant en un trait. — Oui, ma chérie ?

— Est-ce que je dois m'inquiéter pour ta santé ?

— Oh, bonté divine, non. C'est juste mon bilan de santé annuel. Je sais qu'après la frayeur de Lea il y a deux ans, nous avons toutes un peu tendance à nous inquiéter, dit-elle, faisant référence à la lutte de Lea contre le cancer du sein. Elle avait été déclarée guérie et semblait en parfaite santé ces derniers temps.

Une tension que je n'avais pas conscience de porter en moi s'apaisa légèrement. — Oh, tant mieux. Je ne voulais pas m'inquiéter ni être indiscrète, mais je l'ai été quand même.

Opal se pencha et me pinça la joue. — Tu peux être indiscrète, ma chérie. Je n'aurai pas le temps aujourd'hui, car je serai occupée avec la boutique à mon retour, mais si on pouvait convenir d'un moment pour se voir ce soir, je pourrais te montrer tout ce qui concerne la comptabilité ici. On pourra commencer à mettre tout ça en ordre. Je te paierai le tarif horaire que tu demandes, alors ne t'en fais même pas pour ça.

J'avais espéré avoir un instant pour demander à Opal ce qu'elle pensait de la fontaine, mais je garderais ça pour plus tard. J'étais plongée dans la vérification de la livraison par rapport aux fiches d'inventaire quand Lea entra dans la boutique à grandes enjambées.

— Je me doutais bien que je te trouverais ici, dit-elle en s'arrêtant devant le comptoir.

La regardant, je souris. — Bonjour, Lea. Opal a dû te dire que je serais là ce matin.

Lea leva la main pour ajuster la baguette d'un rouge vif plantée dans le chignon au sommet de sa tête. Les baguettes étaient l'une de ses méthodes préférées pour maintenir ses cheveux en place. Quand j'étais petite, je les lui empruntais parce que je trouvais ça drôle. Lea — parce qu'elle était bonne nature et avait un grand sens de l'humour — se contentait de rire à chaque fois que je le faisais. Elle semblait avoir une réserve inépuisable de baguettes, bien qu'à ma connaissance, elle ne s'en soit jamais servie pour manger.

— Je voulais juste passer te dire bonjour. Je n'ai pas pu m'empêcher de remarquer que Donovan et toi êtes partis ensemble après la réunion publique.

Lea n'était pas du genre à perdre du temps pour en venir au fait. Dans ce cas, il s'agissait de ses spéculations sur Donovan et moi, du moins c'est ce que je présumais.

Mes lèvres s'étirèrent en un sourire, et je me mordis l'intérieur des joues pour ne pas rire. Même si je n'appréciais pas toujours la curiosité de ma famille, c'était quand même amusant. Croisant le regard bleu perçant de Lea, je haussai les épaules. — C'est exact. Nous avons dîné ensemble. C'est tout, expliquai-je. Tu n'as pas besoin de t'inquiéter de ma vie amoureuse. Ce n'est pas comme s'il y avait un mariage prédestiné pour moi.

Le regard de Lea s'adoucit tandis qu'elle gloussait. — Ce n'est pas parce qu'il n'y a pas de sortilège jeté sur ton mariage que je ne vais pas être curieuse.

Cette fois, je n'essayai même pas de retenir mon rire, secouant la tête. — Bien sûr. J'ai peut-être de la tolérance pour les tendances fouineuses de ma famille, et je dois bien admettre que je les partage, mais je n'irais pas plus loin.

— Eh bien, Donovan a l'air d'un homme bien, proposa Lea avec un hochement de tête approbateur.

— Il l'est, répondis-je en gardant un ton neutre.

— Il est plutôt bel homme, si je puis me permettre.

Souriant, je passai à autre chose. — Bon, assez parlé de ma vie amoureuse. J'aurais besoin d'un avis.

— Sur quoi, ma chérie ? demanda Lea en soulevant un flacon de lotion de la boîte sur laquelle je travaillais pour l'inspecter.

—Je suis sûre que quelqu'un t'a parlé de ce qui s'est passé le soir où j'ai fait un vœu dans la fontaine. J'ai vu un scintillement doré dans l'eau, comme de l'électricité, après que la pièce de monnaie est tombée au fond, commençai-je.

Au hochement de tête de Lea, tout à fait prévisible car c'est ainsi que ma famille fonctionnait — tout le monde disait tout à tout le monde —, je continuai.

— Eh bien, après cette nuit-là, je traversais le parc un jour et il y a eu deux incidents à la fontaine. Une femme a souhaité que son petit ami la demande en mariage, et il l'a fait. Quelques minutes plus tard, une petite fille a souhaité aller au magasin de bonbons à l'érable et son père a suggéré que c'est ce qu'ils fassent ensuite. Pour ce vœu-là, j'étais à côté et j'ai vu le même petit scintillement doré dans l'eau. Je suis presque sûre que la mère l'a vu aussi. Ce matin même, j'ai croisé deux personnes avec qui j'étais au lycée et qui se sont fiancées. Allison a dit que c'était ce qu'elle avait souhaité, et son petit ami avait l'air complètement dans les vapes. Dans tous ces cas, je ne pense pas que les personnes impliquées étaient des sorciers ou des sorcières. Si les vœux s'étaient réalisés depuis tout ce temps à cette fontaine, je sais qu'on en aurait entendu parler. Il y a cette vieille légende, mais elle est censée ne concerner que les sorciers et les sorcières. Que se passe-t-il ? Je ne peux pas m'empêcher d'être inquiète.

Lea fit nonchalamment rouler le flacon de lotion entre ses paumes. — Je n'ai certainement pas entendu d'autres histoires de vœux qui se réalisent. Ta mère m'a parlé des deux premiers que tu as mentionnés quand je l'ai retrouvée pour un café. Ma meilleure hypothèse est que lorsque tu as fait ton vœu le soir de l'incendie, cela a déclenché quelque chose dans la fontaine. Il faut que tu parles à ta mère de l'histoire de cette fontaine. Je sais que tu es inquiète, mais pour ce qui est de la magie, c'en est une amusante.

— Tant que personne ne souhaite que quelque chose de mal arrive.

Lea pinça les lèvres en tambourinant du bout des doigts sur le comptoir. — C'est vrai. Cela dit, de toutes les années où j'ai su que cette fontaine était censée être magique, je n'ai jamais entendu parler d'un mauvais vœu qui se soit réalisé. Quoi qu'il en soit, je dirais que tu devrais éviter cette fontaine et parler à ta mère. Si quelque chose a été déclenché, je suis sûre qu'elle pourra dénicher ce que nous devons faire pour l'annuler.

CHAPITRE TREIZE

— Alors, qu'est-ce que tu as découvert ? ai-je demandé en me penchant pour prendre ma tasse de thé sur la table de la cuisine.

Il était tard et mon père était déjà monté lire. Ma mère et moi avions pris l'habitude de boire un thé ensemble avant d'aller nous coucher. Nous étions confortablement installées à la table de la cuisine, le poêle à bois dans le coin du fond maintenant la pièce chaude et douillette, tandis que le vent hurlait dehors et que la neige frappait les fenêtres.

— Je suis bien contente que tu me poses la question. J'ai appris plusieurs choses intéressantes. La sorcière qui a jeté le sortilège de vœu sur la fontaine était ton arrière-arrière-grand-tante, Emeline Good. Sa mère était l'une des deux sorcières qui avaient prévenu de ce qui allait arriver à Salem, commença ma mère.

Elle faisait référence aux événements qui avaient conduit les familles Wicked et Good à remonter la côte du Maine. Nos familles, venues de différentes régions d'Europe, s'étaient initialement installées à Salem, dans le Massachusetts. Nous avions quitté Salem juste avant l'hystérie des procès en sorcellerie de l'époque, uniquement grâce à l'avertissement de deux sorcières qui avaient pressenti le danger imminent.

Le long périple jusqu'à mi-hauteur de la côte du Maine avait finalement abouti à la création de la ville de Charm Cove. De nombreux sorciers et sorcières y résidaient encore, d'autres familles les ayant rejoints au fil des siècles, toutes en quête d'un lieu sûr.

Ma mère s'arrêta pour siroter son thé, ses yeux pétillants. Elle était passionnée d'histoire. — Donc, elle avait de qui tenir, l'ai-je taquinée.

Ma mère sourit. — Absolument. Bref, quand elle a jeté le sort, la fontaine n'était encore qu'un abreuvoir à chevaux. Faisant une pause, elle baissa les yeux sur ses notes.

Les sorciers et les sorcières se fiaient aux archives papier et n'utilisaient pas les systèmes en ligne pour le stockage, jugé bien trop risqué. Ma mère avait elle-même écrit plusieurs livres sur l'histoire de la sorcellerie, aucun d'eux n'ayant été publié officiellement, bien entendu. Il était hors de question que nous rendions publique l'authentique histoire du surnaturel.

Impatiente, je l'ai incitée à continuer. — Outre la sorcière qui a jeté le sort, as-tu une idée de ce qui aurait pu se passer cette nuit-là ?

— Je crois savoir. Cette sorcière avait aussi des pouvoirs électriques. Ce genre de pouvoirs est présent dans notre famille, mais c'est rare. C'est si difficile à maîtriser. Comme tu le sais très bien, ajouta ma mère en me lançant un regard entendu.

Je n'avais pas besoin que ma mère me rappelle mes difficultés à maîtriser mes pouvoirs, même si j'étais soulagée qu'elle ait abandonné l'idée que j'avais quelque chose à voir avec l'arbre qui avait pris feu.

J'ai agité la main en cercle, l'encourageant à poursuivre, et ma mère a de nouveau baissé les yeux sur ses notes. — Bon, eh bien, c'était son sort, alors chaque fois qu'elle passait près de la fontaine, il y avait un frémissement électrique dans l'eau. Uniquement pour elle. Une chose que j'ignorais jusqu'à ce que je fasse mes recherches, c'est que seuls les vœux bienveillants ou inoffensifs peuvent s'y réaliser.

Terminant une gorgée de mon thé, j'ai commenté : — C'est un soulagement. Lea et moi nous posions justement la question aujourd'hui.

— Oh, tout à fait. Je n'y avais pas trop pensé, mais ce serait un sacré bazar si les gens pouvaient réaliser de mauvais vœux, répondit ma mère avec un léger frisson. — Quoi qu'il en soit, il n'y a qu'un seul autre cas documenté où un vœu s'est réalisé pour quelqu'un qui n'était ni sorcier ni sorcière. Deux générations plus tard, une autre sorcière avait souhaité avoir un enfant, et il s'est avéré qu'un couple voisin a eu un bébé neuf mois plus tard. La sorcière aussi d'ailleurs. Je suppose que ton vœu avait un rapport avec le mariage.

J'ai senti mes joues chauffer et j'ai levé les yeux au ciel. — Mon vœu, c'était de rencontrer quelqu'un qui ne soit pas un connard. Tu oublies le vœu de la petite fille qui voulait aller au magasin de bonbons à l'érable.

Les sourcils de ma mère se froncèrent, l'inquiétude se lisant dans son regard alors qu'elle me fixait par-dessus la table. — Quelqu'un t'a mal traitée ? J'exige que tu me dises tout, dit-elle fermement.

Finissant mon thé, j'ai haussé légèrement les épaules. — Oh, maman. Pas de quoi s'affoler. Je n'ai juste pas eu de chance en amour. Le dernier type pour qui j'avais un petit faible s'est avéré être un crétin.

Je n'allais certainement pas lui raconter l'incident où il m'avait surprise en train de réparer une ampoule avec la magie. Je n'avais pas besoin d'un sermon là-dessus. Leçon retenue.

— Oh, ma chérie, le bon viendra. Et si mes sources sont exactes, tu l'as peut-être déjà trouvé. Ses lèvres s'étirèrent en un sourire malicieux à cette remarque.

— On a juste dîné ensemble, maman.

J'aimais peut-être bien Donovan, mais deux rendez-vous galants ne suffisaient pas pour vivre heureux jusqu'à la fin des temps.

Elle soupira. — Bien sûr. Jetant un autre coup d'œil à ses notes, elle ajouta : — Pour en revenir à nos moutons. Je pense que tout ce qui se passe avec toi et la fontaine est inoffensif, compte tenu de son histoire.

— Peut-être, mais je trouve ça bizarre, et j'aimerais bien l'annuler.

Ma mère sourit doucement. — Je ne pense pas que tu puisses l'annuler. Après une gorgée de thé, elle parcourut de nouveau ses notes. — D'après ce qui est écrit ici, cependant, les effets se sont estompés. J'imagine que si tu ne traînes pas près de la fontaine, ça finira par disparaître. J'ai aussi cherché à savoir combien de sorciers et de sorcières avaient vu leurs vœux se réaliser au fil des ans. Ça a été plutôt sporadique. Somme toute, je dirais que le sort n'est pas particulièrement puissant et qu'il est un peu aléatoire.

— Je suis au moins soulagée de savoir que je n'ai pas à m'inquiéter que de mauvais vœux se réalisent. C'est la dernière chose dont on a besoin.

J'ai parcouru le bord de ma tasse du bout du doigt pendant que ma mère fermait son carnet et le posait sur le côté de la table. Une pensée me taraudait, alors je me suis dit que je pouvais aussi bien en parler. — Je sais que je me suis un peu braquée quand tu m'as demandé le premier soir si un sort avait mal tourné avec mes pouvoirs, mais je suis un peu inquiète que mes pouvoirs aient pu déclencher une sorte de réaction en chaîne.

Ma mère resta silencieuse quelques instants et but une lente gorgée de thé. Dès que ma question fut posée, une vague de soulagement m'envahit.

— C'est justement ce qui m'a inquiétée quand tu m'as parlé du scintillement dans l'eau, alors j'ai fait quelques recherches. Honnêtement, je ne pense pas que tu aies pu provoquer ça. Tu étais trop loin de l'arbre. Et puis, je t'ai fait confiance. C'est juste que les pouvoirs électriques sont si capricieux et si puissants.

— Eh bien, je suis contente de savoir que tu m'as fait confiance. Mais quand même, quelles sont les autres possibilités ?

— Étant donné ta position par rapport à l'arbre, la seule possibilité serait que quelqu'un d'autre doté de pouvoirs électriques ait pu puiser dans cette infime parcelle d'électricité provenant de ton vœu à la fontaine. Mais pour autant qu'on sache, les principaux suspects sont ces jeunes. Aucun d'entre eux n'a de pouvoirs électriques.

— Qu'est-ce qu'on sait d'autre à leur sujet ? Je n'en ai pas beaucoup entendu parler.

Ma mère a haussé les épaules. — Ils étaient certainement présents sur la place ce soir-là, et Daniel enquête là-dessus. Honnêtement, des jeunes qui font une bêtise, c'est l'explication la plus logique. Si tu ne lui as pas parlé, sache que Liam est sorti plus tôt aujourd'hui et a commencé à réparer certaines des branches. D'ici le printemps, l'arbre sera entièrement remis sur pied.

— C'est déjà ça.

— Au fait, a ajouté ma mère, merci d'avoir assisté à la réunion municipale l'autre soir. Comme tu ne t'es jamais occupée de la gestion des contrats de déneigement au fil des ans, tu étais le membre de la famille le mieux placé pour y être. Il paraît que l'ambiance était assez houleuse.

J'ai ri doucement. — Oh oui. Ça faisait un moment que je n'avais pas assisté à l'une d'elles. J'avais oublié à quel point ça pouvait être passionnant.

Ma mère a levé les yeux au ciel. — Les réunions des petites villes ont tendance à être plus spectaculaires que celles des grandes villes. Avec tous les sentiments et les opinions qui s'entassent dans la pièce, ça peut vite devenir passionnant. À propos d'autre chose, Opal m'a dit qu'elle t'avait parlé de t'occuper de la comptabilité pour Beauty Bewitched.

— Maman, tu n'as pas besoin de faire semblant de ne pas lui en avoir parlé avant même qu'elle ne m'en parle, ai-je dit en levant les yeux au ciel à mon tour.

Ma mère a soupiré, les lèvres crispées par un début de sourire. — D'accord. Oui, je lui ai suggéré de te le demander. Ton père et moi avons essayé de ne pas nous mêler de tes affaires et de ne pas te mettre la pression sur ce que tu allais faire. Nous serions ravis que tu reprennes la comptabilité de l'entreprise de ton père. Y as-tu beaucoup réfléchi ?

Seigneur, bénis ma mère. Elle essayait *tellement* de ne pas me mettre la pression, et en général, ça ratait. La vérité, c'était que j'adorais la comptabilité, et que j'avais besoin d'un travail.

Appuyant un coude sur la table et posant mon menton dans ma main, j'ai hoché la tête. — Oui, j'y ai réfléchi, et j'adorerais le faire. Au début, l'idée m'intimidait, entre les investissements et toutes les activités annexes que papa gère, comme le contrat de déneigement. Ça m'inquiétait que ce soit la première chose dont je m'occupe. Sans compter que, si je fais ça, il ne me restera plus beaucoup de temps pour autre chose. Je peux gérer Beauty Bewitched, mais techniquement, ça fait de toute façon partie de nos entreprises.

Ma mère rayonnait, tapant doucement dans ses mains. — Oh, c'est tout simplement parfait ! Ton père va être aux anges. Et tu as raison, c'est beaucoup de travail. Mais tu ne le feras pas seule. Comme tu connais déjà bien tout ça, tu as une longueur d'avance pour comprendre la logistique.

— Je suis contente que ça te rende si heureuse, ai-je fini par dire. — En parlant de comptabilité, Dana gère les comptes pour vous depuis, quoi ? Vingt ans ?

— À peu près, et elle est plus que prête à prendre sa retraite. Elle ne t'en aurait jamais parlé, mais elle espérait, depuis que tu t'es inscrite à ce programme accéléré pour ton master, que tu prendrais la relève quand elle serait prête à partir.

— Tu aurais pu me le dire plus tôt, maman. Je ne savais pas qu'elle était prête à prendre sa retraite.

— Honnêtement, nous voulions que ce soit ta décision. Je suis juste soulagée que ce soit celle que tu as choisi de prendre, a-t-elle ajouté avec un autre large sourire.

CHAPITRE QUATORZE

— Vraiment, tu penses que ces gamins ont réussi à mettre le feu à l'arbre d'une manière ou d'une autre ? ai-je demandé.

Daniel était assis en face de moi et feuilletait quelques pages de notes sur son bureau. Il a levé les yeux et a haussé les épaules. — C'est ce que deux d'entre eux me disent.

— Tu les crois ?

— Honnêtement, Juliette, c'est difficile à dire. Je suis content d'enquêter là-dessus, mais je ne vais pas non plus suivre mille pistes différentes. Je comprends bien que quand il s'agit de vous, les sorcières et les sorciers, tout est une question de surnaturel, mais parfois, ce ne sont que des accidents.

Le fait que le chef de la police de Charm Cove soit marié à une sorcière était plutôt pratique. Daniel tolérait assez bien que nous fourrions notre nez dans ses enquêtes et se montrait patient face aux détours et aux imprévus que la magie pouvait entraîner.

— Je comprends. C'est vrai que ça se tient. Je suis soulagée de ne plus être une suspecte, ça c'est sûr.

Daniel a posé son stylo. — Juliette, je te connais depuis l'école primaire, et tu es l'une des meilleures amies de Zoe. Je ne t'ai jamais suspectée. C'est juste que...

Je l'ai interrompu. — Je comprends. Il fallait que tu écartes cette piste.

Daniel a hoché la tête. — Tout à fait. Mais pour en revenir à ce que je disais, je vais suivre cette piste jusqu'au bout et classer l'affaire. Ces jeunes faisaient des bêtises, et ce n'est pas la première fois. Je vais poser quelques questions supplémentaires pour confirmer, mais on dirait qu'ils jouaient avec des pétards et qu'ils ont accidentellement déclenché quelque chose. C'est aussi simple que ça.

J'ai acquiescé en me penchant en arrière dans ma chaise. — Très bien, alors. Espérons que ce soit la fin de cette histoire. En parlant de Zoe, le bébé ne devrait plus tarder, n'est-ce pas ?

— Oh oui. On refuse de se fixer sur une date précise parce que Zoe a dit que ça la rendait nerveuse. Ça pourrait être n'importe quel jour, maintenant. Je suis prêt. On a tellement hâte qu'il arrive, a dit Daniel avec un sourire.

— Je veux bien te croire. Tu sais que tu as déjà plein de baby-sitters de prévues.

Daniel a gloussé, juste au moment où le téléphone sur son bureau a sonné. Jetant un coup d'œil au téléphone, il a commenté : — Je dois prendre cet appel. Merci d'être passée.

Après ma visite au poste de police, je me suis dirigée vers Charming Way pour aller voir Moira. Je voulais lui donner les dernières nouvelles de Daniel, mais j'avais aussi besoin de passer un peu de temps entre filles avec quelqu'un d'autre que ma mère. J'aimais ma mère plus que tout, mais son point de vue sur ma vie était biaisé. La plus objective des mères ne pouvait pas être objective au sujet de ses propres enfants chéris.

L'enseigne violette et fantaisiste de Persnickety Potions & Gifts se détachait sur le ciel d'hiver grisâtre. En entrant, j'ai savouré la chaleur tandis que la porte se refermait derrière moi. J'ai balayé la boutique du regard et j'ai vu que les jumelles étaient occupées avec des clients à l'avant, et que Moira était à la caisse.

J'ai pris un moment pour flâner dans le magasin. Les fameux bracelets à breloques de la boutique étaient exposés dans une vitrine en verre, simples mais élégants. Les clients choisissaient les breloques à ajouter aux bracelets et pouvaient opter pour des options telles qu'un petit livre en argent, un arbre, un oiseau, divers animaux, des symboles musicaux, et plus encore. Ce qu'ils ignoraient, c'est que les bracelets à breloques étaient réellement enchantés. Ensorceler des objets était un sortilège assez simple et presque n'importe quelle sorcière pouvait y arriver.

Ma cousine Celia s'est arrêtée à mes côtés. Avec leurs cheveux sombres et brillants, leurs yeux bleus vifs et leurs joues roses et rondes, les jumelles étaient difficiles à distinguer si on ne les connaissait pas. Alors que Delia avait une magie rose, celle de Celia était lavande, et elles s'habillaient en fonction de leur magie. Parfois, ce n'était qu'une simple touche. Aujourd'hui, les boucles d'oreilles pendantes en argent de Celia étaient ornées de minuscules nœuds lavande.

— Pourquoi tu ne te prends pas ton propre bracelet à breloques ? m'a-t-elle taquinée.

J'ai levé les yeux au ciel. — J'en ai déjà un.

Delia est passée à côté de nous en raccompagnant un client à la caisse. — Salut, Juliette. Comment ça va ?

— Ça va bien.

Celia a été rappelée à ses devoirs quand la cloche au-dessus de la porte a de nouveau sonné, alors je me suis dirigée vers le côté du magasin.

— Merci de votre visite, a lancé Moira alors qu'un groupe de clients partait, des sacs à la main.

Me tournant vers la caisse, je lui ai fait un signe de la main. — Salut. Je me suis dit que j'allais passer te voir.

Profitant d'une accalmie à la caisse, Moira a contourné le comptoir pour venir me rejoindre. — Des nouvelles ? a-t-elle immédiatement demandé.

— Justement, oui. Je sors du poste de police. Pas que ça va donner grand-chose, mais Daniel a dit que deux des gamins ont avoué qu'ils jouaient avec des pétards.

— Oh, a dit Moira, une main sur la hanche. Il pense que c'est ça qui a provoqué l'incendie ?

— Il mène l'enquête, mais il a dit que ça ressemblait à un accident. D'après lui, ils s'amusaient et ont accidentellement mis le feu aux guirlandes de l'arbre.

Moira m'a observée. — Tu n'y crois pas.

J'ai soupiré. — Je ne sais pas, mais je n'ai aucune raison de ne pas y croire.

Celia et Delia ont salué les clients qu'elles aidaient et se sont approchées de nous. Moira a regardé les jumelles. — Qu'est-ce que vous avez entendu, les filles ?

— À propos de l'incendie de l'arbre ? a demandé Delia.

— Rien de plus que ce que vous nous avez dit, a répondu Celia rapidement. Pourquoi tu nous demandes ça ?

— Parce que si ces gamins y sont pour quelque chose, j'imagine que quelqu'un a dû en parler à quelqu'un au lycée. C'est difficile de garder ce genre de choses secret.

Delia et Celia nous ont regardées tour à tour. — On n'a rien entendu, a dit Delia.

Celia a plissé le nez. — Alors je n'y crois pas. Parce que Moira a raison. Ça se saurait. Et puis, Timmy Rogers est incapable de tenir sa langue. S'il avait quelque chose à voir avec cet incendie, crois-moi, quelqu'un en aurait entendu parler.

— On peut toujours essayer de fouiner un peu au lycée, a proposé Delia.

— J'imagine que ça va de soi maintenant qu'on vous a posé la question, a commenté Moira avec un clin d'œil.

Une bourrasque de vent s'est engouffrée par la porte quand un groupe de clients est entré. — Je vais te laisser retourner au travail, ai-je dit, en reculant tandis que Moira saluait le groupe et retournait à la caisse.

Sortant dans la journée hivernale, j'ai traversé la rue en direction du square du village. Je voulais voir l'avancement du travail de Liam sur le sapin baumier. M'arrêtant devant, j'ai levé les yeux. En y regardant de plus près, j'ai repéré quelques branches qu'il avait déjà réparées. Heureusement, le tronc principal n'était pas trop brûlé.

Après ça, j'ai pris la rue transversale où je m'étais garée. J'ai cru voir un mouvement du coin de l'œil dans le parking municipal de la ville. Il se trouvait entre deux vieux bâtiments en brique et c'était généralement là qu'ils entreposaient les véhicules municipaux.

Bien que j'aurais juré avoir vu un mouvement, quand j'ai regardé à nouveau, il n'y avait rien à voir. Un bout de papier s'est envolé sur le trottoir devant le parking. Alors que je le regardais, il y a eu un éclair argenté vif provenant de derrière l'un des chasse-neige.

Je me suis arrêtée net. Je savais *exactement* ce que c'était. Quelqu'un doté de pouvoirs électriques était en train de lancer un sort. Un sort assez puissant, vu la clarté avec laquelle j'ai pu voir l'éclair d'électricité.

J'ai résisté à l'envie d'aller explorer sur-le-champ. Je ne pensais pas que ce soit prudent. Bien que mes pouvoirs soient importants, ceux de la personne qui lançait ce sort l'étaient tout autant.

M'avançant jusqu'au coin du bâtiment, j'ai attendu, les yeux fixés sur le fond du parking d'où j'avais vu provenir l'électricité. Après un long moment, il y a eu un autre éclair. J'ai vu exactement où il a frappé le bloc-moteur de l'un des chasse-neige. Au cours des minutes suivantes, la personne qui faisait ça a continué à lancer des sorts ciblant tous les chasse-neige de la ville.

J'ai attendu que les sorts cessent et que le calme soit revenu depuis plusieurs instants avant de reprendre ma route. Je suis partie dans la direction opposée à celle où je devais aller, car je ne voulais pas passer devant l'entrée du parking municipal.

Je ne savais pas à qui parler en premier. Mon premier réflexe a été de retourner voir Moira, mais quand j'ai regardé par les fenêtres de Persnickety Potions & Gifts, la boutique était bondée. J'ai de nouveau traversé le square en biais, en prenant bien soin de ne pas trop m'approcher de la fontaine, de peur que quelqu'un ne décide de faire un vœu à l'improviste, et je me suis dirigée vers Beauty Bewitched.

Quand j'ai poussé la porte, Opal terminait avec une cliente. — Passez une belle après-midi. Couvrez-vous bien. Il paraît qu'on devrait avoir encore de la neige ce soir, a-t-elle dit alors que la cliente souriait et se détournait.

Dès que la porte s'est refermée derrière la cliente, je me suis précipitée vers le comptoir. — Dis-moi quelles sorcières et quels sorciers de la ville ont des pouvoirs électriques.

Opal a haussé un sourcil en tapant quelque chose sur le clavier de sa caisse. — Eh bien, ne prends même pas la peine de dire bonjour. Comment vas-tu, Juliette ?

— Je vais bien. Désolée. Je suis contente de te voir. Comment vas-tu aujourd'hui ?

Opal a esquissé un petit sourire. — Très bien. Pour répondre à ta question, il n'y en a pas beaucoup. Pour autant que je sache, il y a toi, et quelques autres dans les diverses branches de la famille Good. Peu de familles ont ce pouvoir spécifique. Pourquoi tu demandes ? Et pourquoi es-tu si pressée ?

J'ai pris une profonde inspiration, la laissant s'échapper d'un coup. — Je passais juste devant le parking municipal, tu sais, celui où ils garent les chasse-neige entre ces deux vieux bâtiments ? — Face au hochement de tête d'Opal, j'ai poursuivi : — J'ai vu un sort électrique venir de derrière l'un des chasse-neige. Je n'ai pas pu voir qui le lançait, mais il a été projeté droit sur le capot de tous les chasse-neige de la ville. Je voulais y retourner pour voir qui c'était, mais je suis quasi certaine que la personne essayait d'endommager les véhicules. Je ne pense pas qu'elle aurait très bien réagi en me voyant fouiner.

Un pli s'est formé entre les sourcils d'Opal tandis qu'elle me scrutait. — Je te suggère d'appeler Daniel tout de suite. Préviens-le, pour qu'il puisse aller voir ce qui se passe. Je te conseillerais aussi de parler à ta mère dès que possible. Si quelqu'un peut découvrir qui d'autre pourrait posséder ce pouvoir et l'a caché, c'est bien elle.

Sortant mon téléphone de mon sac, j'ai immédiatement appelé Daniel. Une fois que je l'ai mis au courant, son soupir a filtré à travers le combiné. — Je vais y aller pour voir ça. Je suppose que la personne en question est partie maintenant. Je dois faire attention à la façon dont je vais consigner ça, étant donné que tu me dis avoir été témoin d'un sort. On ne peut pas mettre des histoires de magie dans nos rapports officiels. — Je pouvais entendre ses pas rapides pendant qu'il parlait et j'ai deviné qu'il était en train de quitter le poste de police.

— Je sais, je sais. Vu ce que j'ai vu, j'imagine que tu auras ta preuve avec les chasse-neige endommagés.

Pendant que je parlais avec Daniel, quelques autres clients sont entrés dans Beauty Bewitched. Opal m'a fait signe d'aller dans l'arrière-boutique. J'ai contourné le comptoir pour me rendre dans la réserve. Une fois l'appel terminé, j'ai prévenu Opal que je partais par l'arrière.

La prochaine étape était la conversation avec ma mère, mais je comptais discuter avec elle en personne. J'ai vérifié mon téléphone après avoir démarré ma voiture et j'ai trouvé un texto de Donovan.

Toujours partante pour dîner ce soir ?

Mes pouces planaient au-dessus de l'écran, car je voulais vraiment dîner avec Donovan. Jetant un œil à l'horloge de mon tableau de bord, j'ai vu qu'il me restait plusieurs heures. Même si j'avais très envie de régler cette histoire de sorts électriques sur-le-champ, la réalité était que ma mère aurait besoin de temps pour faire des recherches sur l'historique des pouvoirs, que Daniel mènerait son enquête, et que moi, j'attendrais. J'ai envoyé ma réponse par texto.

Bien sûr.

Dis-moi où et quand. N'importe quand après dix-huit heures, ça me va.

CHAPITRE QUINZE

— Bon, si je comprends bien, a commencé Donovan. On pense que quelqu'un d'autre possède secrètement des pouvoirs électriques et qu'il a endommagé tous les chasse-neige de la ville ?

J'ai bu une gorgée de mon vin et j'ai hoché la tête.

— Ouais. C'est à peu près ça.

Moira s'est penchée en avant, soulevant un plat au milieu de la table de la salle à manger. Nous dînions chez elle et Liam. Après s'être servie, je lui ai pris le plat des mains et j'ai ajouté une cuillerée de la sauce aux épinards et aux artichauts dans mon assiette. Pendant que le plat faisait le tour de la table, Moira a demandé :

— Ta mère a la moindre idée de qui ça pourrait être ?

— Elle cherche à savoir quelles familles ont des pouvoirs électriques. Le problème, c'est que le pouvoir électrique n'est pas courant. Pas du tout. À part notre famille, il y a peut-être une ou deux autres familles où ce pouvoir est connu pour se manifester, dont une avec très peu de descendants. Ma mère fait des recherches pour voir si des parents éloignés n'auraient pas atterri ici.

Donovan a secoué la tête.

— C'est vraiment intéressant d'être de retour à Charm Cove. Je n'ose même pas imaginer comment Daniel se débrouille pour gérer des choses pareilles dans ses enquêtes.

Liam a esquissé un sourire en finissant de mâcher sa bouchée.

— Oh, il a l'habitude. Ça aide qu'il ait épousé une sorcière, comme ça il ne pense pas qu'on est tous fous.

— Anna Goodness est aussi une sorcière, ai-je ajouté, en parlant de la réceptionniste principale du poste de police et de la sténographe judiciaire.

— De plus en plus, je commence à soupçonner que tout ça nous ramène à John Corey.

Donovan a hoché la tête.

— Après cette réunion publique, il est évident qu'il est assez grincheux à ce sujet. Et puis, il n'a pas l'air d'avoir toute sa tête, faute d'une meilleure expression.

J'ai renchéri :

— Absolument pas. Non pas que je l'aie jamais bien connu. Mais il était si étrange ce soir-là sur le trottoir. À la réunion, on aurait dit qu'il ne comprenait pas vraiment pourquoi les gens sont en colère à propos des routes.

— Il faudra attendre de voir. Espérons que ta mère trouvera quelque chose qui pourra aider Daniel. Sans ça, à moins qu'ils aient des caméras de sécurité sur le parking municipal, je ne vois pas comment on pourra découvrir qui a lancé ces sortilèges électriques, a commenté Moira.

— Oh, tu connais notre mère, a proposé Liam avec un sourire. Elle *finira* par trouver qui c'est. Même si ça lui prend un peu de temps.

— Quel est le pouvoir de ta mère, exactement ? a demandé Donovan.

— Tout ne repose pas sur son pouvoir, mais ça aide. C'est une généalogiste, spécialisée dans les sorcières et les sorciers. Elle a des tonnes et des tonnes de livres, d'arbres généalogiques, etc. Dans son cas, il ne s'agit pas seulement de savoir qui est lié à qui, mais elle peut aussi retracer les pouvoirs et les sorts à travers les générations. Elle possède l'histoire écrite et la conserve méticuleusement, mais elle a aussi la capacité d'utiliser ces informations pour voir dans le passé. Elle ne peut pas le faire sans quelque chose pour la guider, mais quand elle a cette piste, elle peut la remonter pour regarder dans le passé, ai-je expliqué.

Les sourcils de Donovan se sont haussés.

— Ah. Eh bien, c'est une bonne chose qu'elle aime l'histoire.

Liam a eu un petit rire.

— « Aimer » n'est pas le mot juste. C'est plus une obsession chez elle.

La conversation a changé de sujet pendant que nous finissions de dîner, Liam et Donovan discutant des rénovations de la maison familiale de Donovan et des projets de ses parents de revenir s'installer ici d'ici un an environ. Au moment où nous partions, il avait commencé à neiger. Les nuages menaçants de tout à l'heure laissaient maintenant tomber la neige à un rythme soutenu.

Donovan m'a jeté un coup d'œil lorsque nous sommes arrivés à nos voitures.

— Tu as beaucoup de route à faire ? a-t-il demandé.

— Juste quelques kilomètres, et tu n'as pas à t'inquiéter. Je conduis dans les hivers du Maine depuis que j'ai mon permis.

Nous nous tenions côte à côte, à l'arrière de nos voitures. Ses lèvres se sont retroussées aux commissures.

— J'ai entièrement confiance en tes talents de conductrice, mais ça ne m'empêche pas de m'inquiéter pour la météo.

Avant que je puisse formuler une réponse, il a penché la tête et a effleuré mes lèvres des siennes, m'envoyant un frisson brûlant à travers tout le corps. Quand il s'est reculé, il a ajouté :

— Je crois qu'on va dans la même direction, alors j'espère que tu ne le prendras pas mal si je te suis.

J'ai souri.

— Bien sûr que non. On ferait mieux d'y aller, parce que la neige s'intensifie, dis-je en levant les yeux au ciel. Les flocons tombaient rapidement et me frappaient les joues.

Quelques minutes plus tard, je roulais sur la route en quittant la maison de Moira et Liam. La neige qui tombait masquait les phares de Donovan derrière moi. Avec mes propres phares illuminant la neige qui s'accumulait rapidement devant, j'ai estimé que nous aurions au moins trente centimètres au matin.

Le bruit distinct d'un chasse-neige descendant la route est venu de l'avant. Les hauts phares sont apparus en même temps que le grondement sourd du gros véhicule. J'ai ralenti prudemment, me rangeant sur le côté de la route pour m'assurer que le chasse-neige avait assez de place pour passer. Perplexe, j'ai regardé le véhicule s'arrêter juste à côté de moi.

Le conducteur a baissé sa vitre, et j'ai reconnu John Corey. Pensant qu'il avait peut-être besoin de quelque chose, j'ai baissé ma propre vitre, mais j'ai été surprise quand il a levé la main. J'ai vu une décharge argentée jaillir du bout de ses doigts, dirigée vers les branches d'arbre inclinées au-dessus de la route.

Pétrifiée, j'ai hurlé en voyant une grosse branche tomber. Au moment même où je pensais qu'elle allait s'écraser sur le toit de ma voiture, elle a été déviée brusquement, atterrissant sur le capot et le cabossant avant de rouler sur le côté. En regardant en arrière, j'ai vu Donovan se diriger vers ma voiture à grandes enjambées, les yeux rivés sur John.

John a jeté un autre sort en direction de l'arbre. Une autre branche est tombée, que Donovan a de nouveau déplacée, cette fois presque instantanément. La branche a tournoyé vers les arbres avant de s'écraser au sol dans un fracas.

Donovan a crié quelque chose à travers le rideau de neige. John a appuyé sur l'accélérateur et a poursuivi sa route.

Me penchant par la fenêtre ouverte, j'ai demandé :

— Tu vas bien ?

Donovan a fait quelques pas, s'arrêtant juste à côté de ma voiture et se penchant. Ses cheveux étaient humides à cause de la neige qui tombait.

— Je vais bien. Et *toi*, tu vas bien ?

— Grâce à toi, oui.

Ses yeux ont balayé mon visage avant qu'il ne hoche la tête.

— C'était bizarre. Je ne sais pas pourquoi ce type t'en veut, mais c'est le cas. J'ai déjà appelé Daniel. Je ne suis pas sûr de ce qu'il pourra faire, mais il est en route.

CHAPITRE SEIZE

— D'accord, d'accord, ralentis, dis-je en faisant le signe de pause avec les mains.

Celia, qui avait parlé d'une seule traite, s'arrêta et prit une profonde inspiration. Delia intervint.

— Ce que Celia essayait d'expliquer, c'est que Timmy a commencé à draguer la petite amie de Brad. Et même si Timmy est un vrai crétin, beaucoup de filles le trouvent à leur goût.

— Je ne pige pas non plus, dit Celia après avoir repris plusieurs fois son souffle. C'est un tel crétin.

Delia haussa les épaules en regardant sa sœur jumelle. — Oui, ça, on le sait, mais plein de filles le trouvent mignon. De toute façon, c'est un peu hors sujet pour l'instant. Parce que Brad était en colère contre Timmy, quand Daniel a commencé à interroger tout le monde et que les jeunes ont compris qu'il soupçonnait l'un d'eux d'avoir fait quelque chose, Brad a menti.

— Donc tu dis qu'il a menti sur le fait que Timmy ait fait quoi que ce soit ? demanda Moira en jetant un coup d'œil par-dessus son épaule au son de la clochette de la porte de *Persnickety Potions & Gifts*.

Lea entra, une bourrasque de vent froid s'engouffrant avec elle. Elle tapa des pieds sur le paillasson pour enlever la neige de ses bottes et s'approcha du comptoir où nous étions rassemblées.

Delia continua. — Oui. Exactement. Ils s'amusaient avec des pétards, mais il ne s'est rien passé. Brad a vu une occasion de causer des ennuis à Timmy, et il l'a saisie. Comme c'est un garçon gentil d'habitude, maintenant il se sent mal.

Lea semblait avoir saisi le fil de la conversation et secoua la tête. — Les adolescents. Toujours autant de drames.

— Je pourrais presque avoir un peu pitié de lui, mais il a complètement faussé une enquête de police, ajouta Moira.

— Au moins, l'arbre commence à aller mieux, commentai-je.

— Oh oui. Donnez-lui encore quelques semaines et il sera presque comme neuf. Mais il faut que quelqu'un en parle à Daniel, dit Moira.

Lea regarda ses filles. — Nous devons lui parler aujourd'hui. C'est vous qui avez découvert ça, alors allons-y ensemble.

Celia et Delia semblaient ravies de cette tournure des événements. — Maintenant ? demanda Celia.

— Dès que vous serez prêtes. Les filles, allez chercher vos affaires à l'arrière. On ira en voiture. Même si ce n'est pas très loin, il fait un froid de canard dehors, dit Lea.

Les jumelles n'eurent pas besoin de se le faire dire deux fois et se précipitèrent à l'arrière.

Lea nous regarda, Moira et moi. — On dirait que Daniel a l'intention d'arrêter John Corey après l'incident de la nuit dernière.

J'acquiesçai et répondis : — Oui. Donovan et moi avons attendu que Daniel arrive hier soir. Après avoir pris nos dépositions, il est parti trouver John. Dieu seul sait comment Daniel va décrire ce que j'ai vu quand John a jeté un sort électrique sur les branches au-dessus de ma voiture et que Donovan les a ensuite déplacées avec son pouvoir.

Lea haussa légèrement les épaules. — Daniel trouvera bien un moyen. Ce n'est certainement pas la chose la plus compliquée qu'il ait eu à gérer en matière de magie et d'affaires de police.

À ce moment-là, les jumelles se hâtèrent de passer le rideau de perles derrière le comptoir, enroulant des écharpes autour de leur cou et boutonnant leurs vestes. Un instant plus tard, elles nous disaient au revoir de la main avec Lea et partaient parler à Daniel.

Après leur départ, je regardai Moira et dis : — Eh bien, j'espère que ce pauvre gamin n'aura pas trop d'ennuis pour ça.

Moira soupira. — Je sais, n'est-ce pas ? Je doute que ça arrive. Je suis sûre que Daniel va lui passer un savon et en rester là.

— Pendant ce temps, il y aura une réunion au phare demain soir. Tu seras là, n'est-ce pas ? demandai-je.

— Je ne peux certainement pas y couper, répondit-elle avec un grand sourire. On me l'a rappelé au moins trois fois, mais personne n'a pris la peine de me dire à quelle heure. Tu ne le saurais pas par hasard ?

Jetant un coup d'œil à ma montre, je répondis : — Dix-sept heures trente demain soir. Je le sais uniquement parce que ma mère m'a envoyé un texto.

— Donovan sera là ? Le sourire qui suivit la question de Moira était malicieux.

Je sentis mes joues chauffer légèrement en hochant la tête. — Je vais l'appeler à ce sujet. Étant donné qu'il a été un témoin principal lorsque John a jeté ces sorts sur les branches d'arbre, il devrait probablement y aller.

Moira se mit à rire. — Ça lui plaira. Alors, on dirait qu'il te plaît ?

— Peut-être bien, répondis-je évasivement.

— Eh bien, Liam et moi allons dîner au Charm Café ce week-end. Je me disais que ça pourrait être un dîner à quatre.

— Si Donovan peut venir, je suis partante.

———

— Le phare ? demanda Donovan.

— Ouais, le phare de Beacon's Charm, dis-je dans mon téléphone.

— Oh, je sais comment il s'appelle, répondit Donovan. Je ne savais juste pas que c'était un lieu de réunion.

— Je suppose que tu ne pouvais pas le savoir. Moi-même, je ne l'ai su qu'en grandissant. Comme il appartient conjointement à ma famille et aux Wickeds, chaque fois que les sorcières et les sorciers de la ville ont besoin d'une réunion privée, on se retrouve souvent au phare. Il y a tellement de sorts de protection dessus, j'imagine qu'il est pratiquement impossible pour quiconque d'y faire des bêtises, expliquai-je avec un petit rire.

Donovan gloussa en réponse. — Logique. Et si je passais te prendre ?

— Tu es sûr ? Ce ne sont pas les options qui manquent si ça te fait faire un détour.

Comme ma voiture était endommagée après que la branche a atterri sur mon capot, je dépendais des autres pour me déplacer dès que j'avais besoin d'être transportée.

— Bien sûr que j'en suis sûre. Et puis, c'est une excuse pour t'inviter à dîner après.

Le rouge me monta aux joues, et je sentis un sourire béat s'étirer sur mon visage. J'étais soulagée que Donovan ne puisse pas me voir. Il n'avait pas besoin de savoir que je craquais sérieusement pour lui.

— D'accord, alors. Je passe chez Beauty Bewitched pour jeter un œil à la comptabilité en fin d'après-midi. Pourquoi ne me rejoindrais-tu pas là-bas ?

— C'est sur Wicked Way, c'est ça ?

— Oui, près de l'angle de Good Lane.

— Ça me va. J'y serai à cinq heures et quart. Ça ira ?

— Parfait. À tout à l'heure.

Au moment où je posais mon téléphone sur la table de la cuisine, j'entendis la voix de Moira. — Eh bien, on dirait que quelqu'un rougit, me taquina-t-elle.

En me tournant, je la vis adossée au montant de l'arche qui menait du couloir à la cuisine. Je sentis mes oreilles chauffer et je savais que mes joues étaient roses. Je souris et haussai les épaules en me retournant pour vérifier si le café était prêt. Donovan avait appelé pendant que j'attendais. C'est à ce moment-là que je lui avais parlé de la réunion prévue ce soir au phare.

— Je ne savais pas que tu étais là, lançai-je par-dessus mon épaule. Tu veux une tasse de café ?

— J'adorerais, répondit-elle en entrant dans la cuisine. Liam est passé chercher quelque chose chez ton père. Je l'accompagne simplement, car il me dépose au magasin ce matin.

Je remplis deux tasses de café et me retournai, indiquant d'un mouvement de tête la table de la cuisine, nichée dans la grande baie vitrée qui donnait sur la pelouse derrière la maison de mes parents.

— Liam en a pour longtemps ? demandai-je tandis que nous traversions la cuisine.

— Assez longtemps pour que je puisse boire un café, me répondit Moira avec un grand sourire.

Nous nous sommes assises ensemble, et Moira ne perdit pas une seconde pour satisfaire sa curiosité. — Alors, je parie que c'était Donovan au téléphone.

Mes oreilles chauffèrent de nouveau, et j'aurais aimé ne pas être si facile à lire. Quoique, je préférais que ce soit Moira qui me taquine à ce sujet plutôt que ma mère. J'acquiesçai d'un signe de tête, marquant une pause pour prendre une gorgée de mon café.

— Il te plaît vraiment, ajouta-t-elle.

Je me mordis la lèvre et haussai les épaules. — C'est possible. Au fait, je n'avais pas réalisé à quel point c'était pratique que tout le monde dans nos familles soit préoccupé par votre mariage, à toi et à Liam. Non pas qu'on me mette la pression, mais honnêtement, personne ne s'est jamais vraiment soucié de savoir avec qui je sortais avant. Ils étaient trop obsédés par l'idée de s'assurer que vous passiez à l'acte, toi et Liam.

Moira se mit à rire. — Fais-moi confiance, je doute que tu subisses un jour une telle pression. Cela dit, ta mère est certainement ravie. Elle aime bien Donovan. Elle me fit un rapide clin d'œil avant de marquer une pause pour siroter son café.

— Ça se voit. Il me plaît aussi. Mais quelques dîners, ça ne reste que ça.

Moira leva les yeux au ciel. — Profite du luxe de pouvoir prendre ton temps.

Comme Moira et Liam étaient destinés à se marier depuis leur naissance, ils avaient subi une pression considérable. J'étais soulagée pour eux deux qu'ils s'aiment réellement. Mieux encore, ils s'appréciaient. — Bref, tu seras au phare ce soir, n'est-ce pas ? demandai-je.

— Bien sûr. Ma mère ne me lâcherait pas si je ne venais pas. Comme le parking municipal est juste au coin de notre magasin, elle veut que les jumelles y jettent un œil, dit-elle en secouant lentement la tête. Je lui ai fait remarquer que ce n'était pas l'option la plus judicieuse, pas avec quelqu'un qui lance des sorts électriques partout.

— On peut le dire. D'après ce que j'ai entendu, tous ces véhicules ont été endommagés.

— Le câblage a été grillé, d'après Daniel.

Je secouai la tête. — C'est ridicule et ça va coûter cher. Je suis convaincue que c'est John. Franchement, ce qu'il a fait à ces camions est un crime plus grave que l'arbre. L'arbre, c'était une dégradation de bien, mais heureusement, il sera facilement réparé grâce à Liam.

— Pourquoi est-ce que tu me remercies ? La voix de mon frère résonna dans la cuisine alors qu'il entrait.

— Pour être capable de réparer le sapin baumier sur la place du village. J'imagine que tu peux aussi réparer les chasse-neige, n'est-ce pas ? demandai-je alors que Liam traversait la cuisine pour s'arrêter aux côtés de Moira, sa main reposant légèrement entre ses omoplates.

Liam hocha la tête en se penchant pour déposer un long baiser sur sa joue. Parfois, je trouvais ridicule à quel point mon frère était amoureux de Moira. D'autres fois, je ressentais une pointe de jalousie. Surtout parce que mes aventures amoureuses jusqu'à présent avaient été plutôt ternes. Donovan pourrait bien être un coup de chance. Il n'était certainement pas un crétin. C'était aussi un sorcier, ce qui signifiait commodément qu'il ne voyait aucun inconvénient à ce que j'aie des pouvoirs, et que je n'avais pas à essayer de cacher qui j'étais.

Le fait qu'il soit aussi très beau ne gâchait rien, mais alors rien du tout. Quand Liam se redressa, je demandai : — Tu pourras tous les réparer ?

En grandissant, j'avais trouvé le pouvoir de Liam de restaurer les choses très pratique. Plus d'une fois, j'avais tenté de lui faire réparer des objets que j'avais cassés par accident.

— Bien sûr que je peux, répondit-il. Ce sera plus facile que l'arbre. J'ai déjà appelé Daniel à ce sujet. Je vais y aller demain pour rencontrer le type qui s'occupe de l'entretien du matériel municipal. Même si nous utilisons ces chasse-neige et que papa en gère la moitié, l'entretien a toujours été confié à la ville. Je les remettrai en état de marche d'ici un jour, et j'espère faire économiser beaucoup d'argent à la ville sur les réparations. Il baissa les yeux vers Moira, lui serrant légèrement l'épaule. Tu es prête à y aller ?

— Absolument, dit-elle en jetant un coup d'œil à l'horloge au-dessus de l'arche entre la cuisine et le couloir. Il faut que j'arrive à la boutique à temps pour ranger un peu. C'était tellement bondé hier soir que je suis partie sans vraiment mettre de l'ordre. Elle se leva et but rapidement le reste de son café. Ça me suffira pour tenir. Elle se tourna vers moi. On se voit ce soir au phare.

— Bien sûr, on se voit là-bas.

— Oh, attends, tu as besoin qu'on te dépose ? demanda Liam juste au moment où il commençait à se détourner. Je pourrai jeter un œil à ta voiture ce soir après la réunion si tu veux.

— Oh, elle a déjà quelqu'un pour la conduire, dit Moira avec un sourire malicieux. Donovan.

Liam sourit. — Très bien, alors.

— Ce serait super si tu pouvais passer voir ma voiture après, criai-je alors qu'ils commençaient à sortir de la cuisine.

CHAPITRE DIX-SEPT

Donovan marchait à côté de moi dans l'escalier en colimaçon qui menait au sommet du phare de Beacon's Charm.

— Je suppose que tous les objets dans ces petites vitrines sont magiques, dit-il en désignant l'une d'elles.

M'arrêtant dans les escaliers, je regardai à travers la petite porte vitrée du compartiment encastré dans le mur. — Tu as bien deviné. Je ne sais pas à quel point tu suis les nouvelles de Charm Cove, mais le phare a connu quelques péripéties ces dernières années.

Nous nous remîmes en marche et Donovan répondit :

— Oh, que s'est-il passé ?

— Eh bien, pour commencer, il y a eu des cambriolages en ville et des objets ont été volés ici même. Tout a fini par être retrouvé, mais ça a été toute une *histoire*. Il s'est avéré que c'était un homme dont la famille avait quitté Charm Cove il y a des années et des années, et qui avait presque entièrement perdu sa magie. L'un des descendants avait décidé de devenir sorcier pour récupérer la magie familiale, alors il cherchait des objets magiques pour y parvenir, expliquai-je.

— Et n'y a-t-il pas eu une histoire comme quoi le phare était en panne pendant quelques semaines ? Je me souviens que ma mère en a parlé.

— Ah oui, c'était l'autre problème. Des sorciers volaient des sortilèges. Et comme le phare fonctionne à la magie depuis toujours, ils ont volé son sort. Ils en ont aussi volé quelques autres. Résoudre cette affaire a été un peu compliqué, mais nous avons repris leur magie et fait fonctionner le phare à nouveau, dis-je en abordant le dernier virage pour atteindre le palier au sommet du phare.

Donovan s'arrêta à côté de moi. — Je suppose que si quelqu'un voulait voler de la magie, Charm Cove serait une destination de choix pour ça.

Je ris. — Absolument. Le sortilège du phare est très ancien. Évidemment, on aurait pu le moderniser, mais un défi est toujours bon à prendre. Ne va pas croire que j'ai eu quoi que ce soit à voir avec le sort qui a rallumé la lumière, dis-je en poussant la porte qui menait à une grande pièce ronde, haut perchée au-dessus de l'océan Atlantique et offrant une vue imprenable sur le large. — Ça, c'étaient les anciens.

— C'est incroyable tout ce que j'ai manqué, ou plutôt tout ce que j'ignorais, en quittant Charm Cove.

M'interrompant, je levai les yeux vers lui. — Parfois, j'oublie à quel point je prends pour acquis d'avoir grandi ici.

Les lèvres de Donovan s'étirèrent en un sourire. — Loin d'ici, dans le monde des sorciers, Charm Cove est une véritable légende. Même mes parents en parlaient comme d'un lieu légendaire, alors qu'ils y ont vécu un certain temps.

—Juliette, appela Lea.

Je lui fis un petit signe de la main à travers la pièce avant de reporter mon attention sur Donovan. — Tes parents ont décidé quand ils revenaient s'installer ? demandai-je alors que nous commencions à traverser la grande pièce pour rejoindre un petit groupe de chaises à l'autre bout.

— Le calendrier n'est pas encore définitif. Mon père se fait vieux pour gérer le travail physique nécessaire à l'exploitation du verger. Il compte le mettre bientôt sur le marché. Après la vente, ils viendront s'installer ici. Ça devrait me laisser assez de temps pour rénover la maison.

— Ce sera absolument charmant, dit Opal derrière nous.

Donovan jeta un coup d'œil en arrière, en même temps que moi. Je n'avais certainement pas entendu Opal approcher. Au-delà des subtilités de la magie omniprésente à Charm Cove, Donovan devrait aussi s'habituer à l'aisance avec laquelle tout le monde se mêlait de la vie des autres. Je supposais que toutes les petites villes faisaient face à ce problème, mais si l'on ajoutait la couche de secret entourant les sorcières et les sorciers, ainsi que l'instinct de protection qui nous unissait, c'était encore pire. Du moins, c'est ce que j'imaginais.

Opal portait une variante de sa tenue habituelle : un pantalon noir et un chemisier couleur crème. Elle avait ajouté une touche de couleur avec son caban en laine vert émeraude. Elle sourit vivement à Donovan, levant la main pour lisser une mèche invisible dans son chignon. — Ce sera merveilleux d'avoir tes parents de retour ici. Et quel bon fils tu fais, dit-elle en lui tapotant le bras, de t'occuper de ce jardin et de retaper la maison. Il était grand temps.

Donovan sourit poliment et hocha la tête tandis qu'Opal continuait à marcher avec nous. Je regardai les yeux de Donovan balayer la pièce et me demandai s'il était déjà venu ici. Mon cousin, Nathan, aidait à gérer le phare maintenant, s'occupant principalement des touristes et de l'entretien de base du bâtiment.

Le phare se dressait sur un affleurement rocheux le long de la côte pittoresque du Maine. Il avait été construit plusieurs siècles auparavant, aux débuts de l'essor de la pêche à la baleine et de la pêche pendant la grande vague de colonisation.

Cet étage supérieur comprenait une grande pièce ronde avec des fenêtres de tous les côtés, sauf à un endroit où se trouvait une porte menant à une salle de bain et à une petite pièce avec un lit de camp. Même si le phare fonctionnait à la magie, à l'époque, la personne en charge du phare vivait ici. Les étages inférieurs possédaient des pièces supplémentaires pour la famille.

De nos jours, le phare était une destination touristique. Nathan vivait de l'autre côté de la rue, dans une jolie maison de type « saltbox ». Le parquet brillant était usé par des années et des années de va-et-vient. De plus, le phare avait servi de lieu de réunion pour les sorcières et les sorciers, qui s'y rassemblaient pour discuter des préoccupations surnaturelles du moment pour la ville.

— Assieds-toi, Juliette. Toi aussi, Donovan, dit Lea en désignant deux chaises en face d'elle et de mon oncle Jacob.

Je me glissai sur la chaise pliante en métal, sentant la fraîcheur du métal à travers mon pantalon en m'asseyant. Donovan fit de même. Opal s'assit à côté de son mari, Theo. Mes parents discutaient avec les parents de Moira, Camille et Gabriel. En face de nous, Liam me fit un clin d'œil. Les frères de Moira, Cam et Gabriel, étaient également là, ainsi que Nathan et sa petite amie, Edie.

Edie s'était installée en ville récemment. Je ne l'avais rencontrée que brièvement lorsque j'étais revenue pour les fêtes. Apparemment, Nathan était tombé éperdument amoureux d'elle, à la surprise générale. Il avait les mêmes couleurs que la plupart des membres de la famille Good : des cheveux presque noirs et des yeux d'un bleu éclatant. C'était mon cousin, donc ça ne me faisait aucun effet, mais même moi, je devais admettre qu'il était séduisant, tout comme l'étaient tous mes frères.

Ma mère leva les yeux des notes qu'elle tenait à la main et demanda au groupe :

— On attend encore quelqu'un ?

Le regard de Lea balaya le petit groupe.

— Beatrice viendra peut-être, mais je ne pense pas qu'on devrait l'attendre.

— Oui, je lui ai parlé cet après-midi, ajouta Moira. Sa fille avait un rendez-vous avec elle cet après-midi à Windy Bay, et elle n'était pas sûre de l'heure à laquelle elle rentrerait. Elle m'a bien précisé qu'elle n'avait rien de nouveau à apporter, donc je pense que nous devrions entrer dans le vif du sujet.

Comme le groupe était plus restreint que lors de certaines réunions, l'atmosphère était plus détendue, mais je sentais que Donovan observait et attendait de voir comment les choses allaient se dérouler. Lea se pencha et dit quelque chose à Opal. J'en ai profité pour murmurer à voix basse à Donovan :

— Laisse-les juste gérer ça.

— Bon, d'accord, dit Lea en se redressant et en frappant dans ses mains comme si c'était nécessaire. Il est devenu tout à fait clair que John Corey cache ses pouvoirs électriques, probablement depuis des années. Nous avons des raisons de soupçonner qu'il souffre également de démence, ce qui pourrait expliquer son irritabilité croissante et son comportement ridicule au sujet de ce contrat de déneigement. Il y eut un murmure dans l'assemblée. Camille a aussi quelques informations à ce sujet, termina Lea en se tournant vers Camille.

Camille hocha la tête, ajustant ses lunettes sur son nez et coinçant une mèche de cheveux argentés rebelle derrière son oreille.

— J'ai fait quelques recherches dans les archives et j'ai découvert qu'après le décès de la femme de John, l'assurance-vie qu'ils avaient souscrite pour elle n'a pas versé l'argent. C'était un de ces contrats bidons. Camille fit une pause pour claquer de la langue et secouer la tête. Elle est décédée à quatre-vingt-cinq ans, et John en a maintenant quatre-vingt-huit. Il est trop âgé pour travailler, mais il n'a aucune source de revenus. Après que leur fils s'est retrouvé mêlé à cette histoire de trafic de drogue, il a épuisé toutes leurs économies. Quand elle marqua une pause et regarda autour d'elle, il y eut quelques hochements de tête avant qu'elle ne poursuive. Apparemment, ils ont dilapidé leurs économies en frais d'avocat pour lui et ont même contracté un prêt hypothécaire inversé. Maintenant, il doit de l'argent sur une maison qui est dans leur famille depuis des siècles, et il est criblé de dettes.

Mon père se renversa sur sa chaise, un pli profond lui barrant le front.

— Pas étonnant qu'il ait commencé à faire tant de bruit pour ce contrat. Honnêtement, depuis toutes ces années que nous le gérons pour la ville, il ne s'y est intéressé qu'une ou deux fois. Et tout d'un coup, ces dernières années, il s'est mis à piquer une crise pas possible. Le plus triste, c'est que ça ne représente pas assez d'argent pour le sortir du pétrin dans lequel il s'est fourré.

Cam intervint :

— Pas étonnant qu'il essaie de rogner sur les dépenses. Je parie aussi qu'il n'embauche pas beaucoup d'aide pour entretenir les routes. Charm Cove n'est peut-être pas une très grande ville, mais pendant une tempête de neige, nous avons des centaines de kilomètres de routes à entretenir. S'il essaie de faire ça tout seul en ne payant qu'une ou deux personnes pour l'aider, il est foutu.

Le front de ma mère se plissa, l'inquiétude scintillant dans ses yeux.

— Nous devons faire quelque chose pour l'aider.

— Je veux bien aider, proposa Liam. Mais il n'est pas raisonnable, et Dieu seul sait pourquoi il a pris Juliette pour cible. Tu as déjà eu affaire à lui ?

— Rien de plus qu'un simple bonjour, ai-je répondu.

Opal intervint :

— Daniel a dit, d'après ses entretiens avec les membres de la famille, qu'il y a des inquiétudes concernant sa démence. À mon avis, Juliette est devenue une cible parce qu'elle fait partie de la famille Good. La famille Good détient ce contrat depuis des années. Quand les gens ne pensent pas clairement, leurs actions n'ont souvent aucun sens.

— Y a-t-il une chance que Daniel l'inculpe de quelque chose, au moins pour le matériel de déneigement ? demanda Donovan.

Moira haussa les épaules.

— Je pense qu'il aimerait bien. Au moins pour méfait criminel, d'après ce que dit Zoe. Mais ça ne résoudra rien. Il a besoin d'une véritable aide.

— Comment peut-on lui obtenir de l'aide ? demanda ma mère en fermant son carnet et en le posant sur le rebord de la fenêtre à côté d'elle.

— Maman, est-ce qu'on sait si quelqu'un dans sa famille avait des pouvoirs électriques ? ai-je demandé.

— Oh oui. Ça a demandé quelques recherches, mais il descend d'une lignée française qui avait des pouvoirs électriques de manière sporadique. Les pouvoirs n'apparaissaient même pas à chaque génération. Je suppose qu'il les a gardés secrets parce qu'il n'avait personne pour lui apprendre à les contrôler. Toi, ma chérie, tu avais ta grand-mère. J'imagine que lorsqu'il a commencé à sentir ses pouvoirs, il n'avait personne à qui en parler et personne pour lui apprendre à les gérer. Je parierais qu'il lui a fallu des années pour apprendre à s'en servir, expliqua-t-elle.

Ayant personnellement vécu l'expérience de l'éveil des pouvoirs électriques, je savais que cela pouvait être effrayant. Même si John avait essayé de me faire du mal, j'avais de la peine pour lui. Ces années avaient dû être difficiles.

Donovan se renversa sur sa chaise.

— Je compatis, mais il a essayé de blesser Juliette l'autre soir. Si je n'avais pas été là pour déplacer cette branche quand il l'a fait tomber, elle aurait pu s'écraser sur le toit de sa voiture. Toute aide mise à part, nous devons nous assurer qu'il n'est pas dangereux.

— Ce n'est pas comme si Daniel pouvait consigner ce que Donovan et moi avons vu dans son rapport de police, ai-je ajouté.

— Je sais, je sais, répondit ma mère, la bouche tordue par l'inquiétude.

Mon père croisa le regard de Donovan.

— Je n'ai pas eu l'occasion de te remercier pour ce que tu as fait. Même si tes parents ne sont pas là, il est clair qu'ils se sont assurés que tu saches utiliser tes pouvoirs correctement.

Mon père n'était pas du genre à beaucoup parler. Pas du tout. Je ressentis une pointe de fierté pour Donovan.

Pendant ce temps, Donovan se contenta de hausser les épaules.

— Bien sûr. C'était la seule chose à faire sur le moment.

— Vu qu'il est si focalisé sur toi, Juliette, je pense que nous devrions t'utiliser comme appât, dit Opal.

Les yeux de mon père s'écarquillèrent et ses sourcils se haussèrent.

— Un appât ?

Opal agita une main d'un air dédaigneux.

— Oh, nous veillerons à ce qu'elle soit en sécurité. Ne t'inquiète pas pour ça. Je me dis juste que si nous mettons en place une situation et que nous nous assurons que Daniel est à proximité, il s'en occupera. Il n'est pas nécessaire que John soit arrêté, mais il faut qu'il obtienne l'aide dont il a besoin. Une fois que nous saurons qu'il est en sécurité, nous pourrons trouver un moyen de collecter des fonds pour l'aider à régler ce prêt hypothécaire inversé et à avoir assez d'argent pour vivre. Peut-être qu'une sorte de résidence assistée serait la meilleure solution.

Un murmure d'approbation se fit entendre. Donovan me jeta un regard où se lisait son inquiétude.

— Ne t'en fais pas, dis-je doucement. Quoi que nous fassions, je serai en sécurité.

Après une discussion, il fut décidé que j'irais avec Liam le lendemain après-midi sur la place du village, vers le crépuscule, au moment où les choses se calmaient. Étant donné que John vivait juste à côté de la place, nous espérions que notre présence, à Liam et à moi, l'agiterait suffisamment pour qu'il tente à nouveau quelque chose. Liam serait officiellement là pour inspecter l'arbre et réparer quelques branches au passage. Il possédait également des compétences de blocage supérieures, il serait donc capable de dévier n'importe quel sort.

— On peut y aller aussi, proposa Cam en faisant un geste vers son frère Gabriel, assis à côté de lui.

— Vu que je ne suis pas là depuis longtemps, et que je n'étais certainement pas là quand les pouvoirs de tout le monde se sont manifestés, vous pourriez me faire un topo sur qui fait quoi ? demanda Donovan.

Lea sourit à la remarque de Donovan. — Bien vu. Cam, pourquoi n'expliques-tu pas ce que vous pouvez faire, ton frère et toi ?

— Tous les deux, on peut capturer les sorts. C'est pratique si on soupçonne quelqu'un de préparer un mauvais coup.

— Ça n'affecte pas du tout leur magie, mais c'est commode, ajouta Gabriel.

— Liam et Beatrice seront là aussi, parce qu'ils sont tous les deux doués pour le blocage, intervint Lea. J'y serai, avec les jumelles. Toutes les trois, nous avons des pouvoirs de contention, donc si John essaie quoi que ce soit, on pourra l'immobiliser.

Donovan balaya le groupe du regard et secoua lentement la tête. — Comme je ne venais qu'occasionnellement, je crois que j'avais oublié à quel point il y avait de la magie dans cette ville.

Nathan eut un petit rire là où il était assis, le bras nonchalamment posé sur les épaules d'Edie, ses doigts jouant avec ses cheveux cuivrés. Ils étaient arrivés quelques minutes après le début de la réunion. — C'est un peu dingue.

Edie leva les yeux au ciel et offrit un sourire encourageant à Donovan. — Je n'ai pas grandi ici non plus, alors je comprends.

— Donc, on dirait qu'on a un plan ? intervint Lea, toujours là pour recentrer la réunion.

— Je crois bien, répondit ma mère. Faites attention, vous deux, ditelle en nous lançant un regard appuyé, à Liam et à moi.

CHAPITRE DIX-HUIT

Le lendemain soir, je me tenais à côté de Liam sur la place du village, le regard levé vers l'arbre presque entièrement calciné. Quelqu'un de l'équipe d'entretien de la ville avait retiré les guirlandes lumineuses brûlées. C'étaient ces jolies lumières scintillantes dans l'obscurité enneigée qui m'avaient incitée à m'arrêter. Je pouvais voir les zones où Liam avait usé de sa magie, car des pousses vertes y étaient visibles. C'était assez subtil et bien intégré pour ne pas sauter aux yeux.

— Il a l'air encore bien triste, ai-je commenté en jetant un coup d'œil à Liam.

Sans quitter l'arbre des yeux, il s'est approché plus près, en agitant les mains avec désinvolture, presque comme si nous discutions. Je savais qu'il jetait un sort. Juste sous mes yeux, j'ai vu une lueur argentée s'échapper de ses mains et j'ai regardé une autre branche s'illuminer, comme un printemps en plein hiver.

— Tu es un petit malin, ai-je murmuré.

Liam a eu un petit rire. — Stratégique.

Notre souffle formait de petits nuages de buée tandis que nous faisions lentement le tour de l'arbre, la neige crissant sous nos pieds à chaque pas. La ville maintenait les allées de la place dégagées, mais la neige s'était un peu accumulée autour de l'arbre.

— Rappelle-moi où habite John, a dit Liam à voix basse.

À ce moment-là, des sorcières et des sorciers étaient postés tout autour de la place. J'avais l'impression que nous étions sur une scène de théâtre.

— Il habite au coin opposé de chez Beatrice.

Les yeux de Liam se sont tournés dans cette direction. — Il y a de la lumière, alors espérons qu'il nous verra bientôt ici.

Quelques instants plus tard, après que Liam eut réparé plusieurs autres branches, une lumière argentée distincte a traversé la place, atterrissant tout près des pieds de Liam. Après plusieurs minutes, un autre sort a fendu les airs, venant de la même direction. Cam l'a attrapé. Quand j'ai regardé, on aurait dit qu'il tenait une boule scintillante dans ses mains, de la taille d'une balle de baseball.

Liam n'a même pas eu à se soucier de bloquer les sorts. Entre Cam et Gabriel, ils ont intercepté les quelques sortilèges suivants lancés par John. Bien que nous ne puissions pas le voir, l'endroit où il se trouvait est vite devenu évident, uniquement parce que chaque sort électrique venait du même endroit. Il lui était impossible de rester caché.

Après sa quatrième tentative pour nous frapper, Liam et moi, les gyrophares de la voiture de patrouille de Daniel se sont allumés, suivis de près par une autre, alors qu'ils descendaient Charming Way. Ils ont bouclé la zone où John semblait se cacher, niché entre deux maisons de l'autre côté de la place par rapport à son domicile.

Alors que l'obscurité s'épaississait, j'ai murmuré à Liam : — On va par là-bas ?

— Pas la peine. Tu connais le plan. Beatrice et papa sont là-bas pour bloquer. En plus, Cam est toujours là en renfort pour intercepter les sorts.

Au moment où Liam finissait de parler, un autre éclair argenté a zigzagué dans les airs, frappant une branche à quelques mètres au-dessus de nous. Juste après, j'ai entendu un sifflement dans l'air et j'ai su que Donovan avait lancé un sort. La branche s'est déplacée pour s'écraser au sol à plus de trois mètres de Liam et moi.

Il y a eu de l'agitation dans la zone entre les deux maisons où John s'était caché. Daniel et plusieurs de ses adjoints se sont rassemblés sur le trottoir. Des voix se sont élevées. Juste au moment où je pensais que la soirée avait eu son lot de magie, j'ai vu une silhouette s'élancer dans la lumière déclinante, pour être stoppée net par une paire de liens rose et lavande.

Je n'ai pas pu m'empêcher de sourire. Celia et Delia devaient être ravies de pouvoir aider. Leur magie était teintée de rose et de violet à chaque sort qu'elles lançaient, donc je savais que c'était leur œuvre.

— Dieu merci, Daniel est pro-magie, a marmonné Liam alors que nous commencions enfin à nous éloigner de l'arbre.

J'ai entendu des pas pressés sur le trottoir en ardoise derrière nous et en me retournant, j'ai vu Donovan. Liam s'est arrêté avec moi pendant que nous attendions qu'il nous rattrape. À cet instant précis, les lumières du centre-ville se sont allumées, scintillant dans la nuit alors que l'obscurité s'installait.

Donovan a baissé les yeux vers moi. — C'était un sacré travail d'équipe, a-t-il dit avec un petit rire.

Liam a esquissé un sourire. — Ça, on peut le dire.

— On devrait aller au poste de police ? ai-je demandé.

En regardant au loin, j'ai vu les liens rose et lavande se dissoudre alors que Daniel et l'un de ses adjoints passaient les menottes à John.

— Je ne crois pas que ce soit une bonne idée, a répondu Liam. Tu sais bien que Lea va y traîner Jacob, et maman et papa iront probablement aussi. Daniel aura déjà bien assez à faire. Je propose qu'on aille dîner et boire un verre à l'Enchanted Spirits.

— Ça me semble un bon plan, a répondu Donovan.

CHAPITRE DIX-NEUF

« Honnêtement, même s'il a essayé de me faire du mal, je suis soulagée d'apprendre qu'il ne va pas en prison », ai-je dit, en marquant une pause pour croquer dans mon burger.

Zoe a hoché la tête de l'autre côté de la table. « D'accord. Je veux dire, il n'en avait pas après moi. Mais quand Daniel m'a dit qu'ils l'avaient fait examiner à l'hôpital et qu'ils avaient déterminé qu'il souffrait de démence, je pense qu'il est clair qu'il n'a plus toute sa tête. »

Moira a ajouté : « Apparemment, il s'est mis à pleurer à propos de sa situation financière quand ma mère est passée pour lui en parler. Quelle histoire. »

Finissant une autre bouchée de mon burger, je l'ai fait passer avec un peu d'eau et j'ai repoussé mon assiette en me penchant en arrière sur ma chaise. Nous dînions à l'Enchanted Spirits, plusieurs jours après que John a finalement été appréhendé par la police.

J'avais entendu des bribes de l'histoire ces derniers jours, mais Zoe nous a tout raconté en détail. Me tournant vers elle, j'ai dit : « Je n'arrive même pas à croire que tu sois sortie ce soir. Le bébé est prévu pour quand, exactement ? C'est d'un jour à l'autre, non ? »

Zoe a soupiré, passant la main sur son ventre bien rond. « La date officielle du terme est demain. Il y a quelques jours encore, je ne voulais même pas en parler, et maintenant je suis sur le point d'exploser et je voudrais qu'il arrive à l'heure », a-t-elle dit avec un petit rire ironique. « Mais mon médecin a dit qu'il semble que je vais avoir du retard. Apparemment, les premiers bébés sont souvent en retard. Je ne sais pas si mon utérus a besoin d'entraînement ou quelque chose comme ça. Je suis sortie ce soir parce que rester à la maison à ne rien faire me rend folle. Je suis trop agitée. J'ai tellement hâte de boire autre chose que de l'eau, du thé ou du jus de fruits. »

— Est-ce que Daniel travaille ce soir ?, a demandé Moira.

— Oh oui. Il fait autant d'heures supplémentaires que possible avant la naissance du bébé. Ce qui me convient très bien. Vu qu'il peut rentrer à toute vitesse si j'entre en travail, je me dis que tout va bien », a-t-elle dit avec un petit rire.

— Avez-vous des idées sur la façon d'aider John avec sa situation financière ?, a demandé Donovan à côté de moi.

— Ma mère organise une collecte de fonds, et la mère de Moira va l'aider à rédiger les documents pour diviser toutes les terres qu'il possède afin qu'il puisse vendre plusieurs parcelles.

Emma, ma cousine qui était hors de la ville ces dernières semaines, s'est glissée sur la seule chaise restante à table. Elle est intervenue, ayant de toute évidence entendu la fin de notre conversation. « J'aidais justement Camille à examiner ça aujourd'hui. Il possède une tonne de terres à la périphérie de la ville, en plus de sa maison près de la place du village. La vente d'une partie des terres devrait à elle seule suffire à rembourser ce prêt hypothécaire inversé et à le sortir du pétrin. »

— C'est bon à savoir, a lancé Gabriel avant de marquer une pause pour enfourner une frite de patate douce. « Mais il ne va pas retourner chez lui, n'est-ce pas ? »

J'ai secoué la tête. « Non. Ma mère m'a dit qu'ils prenaient des dispositions pour qu'il séjourne dans une maison de retraite médicalisée. Je crois que c'est celle dirigée par le cousin de Tom Lewis. Elle n'accueille que des sorcières et des sorciers, donc il ne s'y sentira pas dépaysé. »

— Eh bien, c'est un soulagement », a dit Donovan.

« Vous savez ce qui est un soulagement ?, a songé Nathan. Maintenant, on peut reprendre nos activités de déneigement comme d'habitude. La ville a déjà décidé d'utiliser les fonds qui auraient été versés à John via le contrat pour aider à couvrir le coût de ses soins à la maison de retraite médicalisée. »

— Je n'aurais jamais cru que je pourrais me soucier autant des routes en hiver, a lancé Liam en levant les yeux au ciel.

— Pareil. Je n'y avais même jamais pensé. Jusqu'à ce que ça devienne la galère, a proposé Cam.

Moira a balayé la table du regard. « Pour une fois, j'ai raté toute l'agitation. »

— Je ne sais pas si "agitation" est le mot que j'emploierais pour décrire ça, ai-je dit. Je pourrais me passer de quelqu'un qui s'en prend à moi pour une histoire d'entretien des routes. »

Les conversations ont changé de sujet, et la soirée s'est terminée par un pari sur le temps qu'il faudrait à Liam pour que l'arbre au centre de la place du village retrouve sa gloire d'antan. Bien que Liam utilisait sa magie pour réparer l'arbre progressivement, il ne pouvait pas contrôler le rythme de sa croissance. Inutile de dire qu'il lui a été interdit de parier dessus.

ÉPILOGUE

J'ai arrêté ma voiture devant la maison familiale de Donovan. Penchée en avant, j'ai souri à la vue de la porte d'entrée rouge. C'était une touche de couleur vive en cet après-midi d'hiver couvert.

En sortant de ma voiture, mes bottes ont craqué sur la neige tassée de l'allée tandis que je la traversais pour emprunter le sentier déneigé menant aux escaliers principaux. Comme de nombreuses maisons de la côte du Maine, celle-ci avait été construite à la fin des années 1700 dans le style colonial.

C'était un rectangle avec une double porte au centre, flanquée de fenêtres de chaque côté. Alors que je levais la main pour frapper, la porte s'est ouverte en grand. Les yeux de Donovan se sont plissés aux coins lorsqu'il a souri. Mon ventre a réagi comme à son habitude, des papillons s'y sont envolés en une virevolte tandis qu'un frisson de chaleur me parcourait l'échine.

Un mois entier s'était écoulé depuis que John avait emménagé dans une résidence pour personnes âgées. Ma mère lui rendait visite régulièrement, veillant à ce qu'il aille bien. J'étais simplement soulagée de ne plus avoir quelqu'un en colère contre moi à cause de l'état des routes, alors que je n'étais même pas la concurrence. Bien que, pour être juste, mon père l'était.

— Entre, a dit Donovan en me faisant signe de passer les portes tout en reculant.

— Oh, ouah, ils font vraiment des progrès, ai-je commenté en balayant l'entrée du regard. La dernière fois que j'étais venue, il y a quelques semaines, les sols de l'entrée étaient éraflés et poussiéreux, et du papier peint décollé pendait des murs.

Le vieux parquet en chêne avait été entièrement poncé, bien que pas encore verni. Le hall d'entrée sur deux étages retrouvait lentement sa gloire d'antan. L'escalier s'enroulait le long d'un mur et menait à l'étage, au couloir qui divisait la maison en son centre. Le magnifique escalier en bois et sa rampe avaient été restaurés et brillaient même dans la lumière tamisée du jour.

— On fait vraiment des progrès, a répondu Donovan en prenant ma main dans la sienne.

D'une légère traction, il m'a entraînée au-delà de l'escalier, sous une arche menant au couloir du rez-de-chaussée. D'un côté se trouvaient une salle à manger formelle et un salon. De l'autre côté, il y avait une immense cuisine, un coin repas plus décontracté, un petit bureau et une salle de bain.

Donovan m'a fait visiter, me montrant les rénovations. Il était couvert de poussière et avait clairement travaillé avant mon arrivée. Je l'ai toisé de la tête aux pieds.

— Tu ne m'as pas dit que tu allais faire autant de travaux toi-même, l'ai-je taquiné.

— Oh, crois-moi, je ne fais pas le plus gros du travail. C'est l'entreprise que Liam m'a recommandée qui mène la danse. J'aide pour les trucs faciles : les plaques de plâtre, la peinture, ce genre de choses. Ils ont dû s'occuper de quelques réparations structurelles sur le toit. Il y avait une fuite qui s'était infiltrée dans certaines des poutres d'origine, a-t-il expliqué.

— Des nouvelles de tes parents sur leur date d'arrivée ? ai-je demandé en marchant lentement vers le fond de la cuisine pour regarder par les fenêtres.

— Ils espèrent venir d'ici cet été. Ils ont déjà reçu plusieurs offres pour le verger. Mon père craignait qu'ils ne le gardent sur les bras pendant des années, mais j'imagine qu'avec l'engouement actuel des gens pour la petite agriculture, il est populaire, a offert Donovan avec un petit rire. J'espère qu'on pourra redonner vie aux vieux vergers ici.

J'ai appuyé mes mains sur le rebord de la fenêtre, regardant le paysage enneigé derrière la maison. Les grands-parents de Donovan lui avaient laissé une belle propriété. Elle ne se trouvait qu'à quelques kilomètres sur la côte de l'endroit où j'avais grandi. Comme là où j'avais grandi, sa maison était sise sur une falaise surplombant l'océan Atlantique. Elle était un peu en retrait, avec des arbres parsemés autour. Pour l'instant, les conifères étaient saupoudrés de blanc et le sol était recouvert d'une épaisse couche de neige sur ce qui, je le savais, serait une pelouse verdoyante au printemps.

La surface de l'océan était agitée aujourd'hui, balayée par un vent glacial. Me retournant vers Donovan, j'ai souri. — J'imagine que tu n'auras aucun mal avec le verger. Il faudra juste un peu de travail pour que ces arbres portent à nouveau leurs fruits. Maintenant que tu es ici depuis un petit moment, es-tu content d'être revenu à Charm Cove ?

Les lèvres de Donovan se sont retroussées en un sourire alors qu'il se rapprochait un peu, posant ses mains de chaque côté de mes hanches sur le rebord de la fenêtre et m'enfermant dans ses bras. — Carrément, a-t-il murmuré avant de se pencher pour effleurer mes lèvres des siennes, envoyant une décharge électrique brûlante tournoyer en moi.

———

Plus tard dans l'après-midi, le baiser de Donovan encore frais dans mes pensées, j'ai traversé la place du village, prévoyant de m'arrêter voir Opal à Beauty Bewitched pour régler quelques questions de comptabilité. Le soleil tentait de percer les nuages, mais il avait visiblement du mal. L'air sentait la neige, même si je sentais aussi le printemps approcher. Chaque fois que mars arrivait, il y avait une sensation d'effervescence dans l'air.

Sur un coup de tête, je me suis arrêtée près de la fontaine, retirant mes gants pour sortir une pièce de ma poche. La frottant entre mes doigts, j'ai fermé les yeux et j'ai fait un vœu. J'ai rouvert les yeux juste au moment où la pièce heurtait la surface de l'eau dans un petit

« ploc ». Une éclaboussure s'est élevée dans l'air froid. J'ai suivi du regard la pièce tandis qu'elle tombait au fond de la fontaine. Une fois de plus, une petite lueur — comme un éclat de soleil dans l'eau, sauf qu'il n'y avait pas de soleil — a jailli, avant de se dissiper en atteignant la surface.

Avec l'aide de ma mère, nous avions compris que le sortilège que John avait lancé au même moment où j'avais fait mon vœu tard cette nuit-là avait donné un zeste de magie en plus à la fontaine. Cet effet s'était estompé depuis, et les vœux amusants de personne d'autre ne se réalisaient.

J'espérais secrètement que mon vœu se réaliserait, pensant que, peut-être, comme j'étais une gentille sorcière, il resterait un petit supplément de magie.

Merci d'avoir lu *Wish Upon A Witch!*

Pour plus de malice, de magie et de grabuge à Charm Cove, tournez la page pour un aperçu de *A Stormy Spell* le prochain livre de la série *This Good Witch Mystery Series*. Juliette Good a encore beaucoup de choses à vous raconter sur la vie d'une *gentille* sorcière.

Si vous souhaitez recevoir des nouvelles de mes prochaines sorties et d'autres informations, inscrivez-vous à ma newsletter : subscribe page.io/35IYqX

EXTRAIT : A STORMY SPELL

JULIETTE GOOD

— Aïe ! m'exclamai-je en secouant vivement la main pour dissiper la sensation de brûlure que j'avais aux doigts.

Cela faisait des années, depuis mon adolescence en fait, que je n'avais pas eu de mal à maîtriser un sort électrique. En baissant les yeux vers ma main, je vis que le bout de mes doigts était rouge vif. Mon regard a balayé l'allée de gravier jusqu'à l'endroit où j'avais jeté le sort et s'est posé sur une zone calcinée sur le sol.

— Que s'est-il passé ? ont demandé Celia et Delia à l'unisson en accourant du porche de la maison de mes parents, où elles étaient assises.

Mes cousines jumelles se sont arrêtées devant la tache noircie sur le sol, leurs deux têtes brunes penchées l'une vers l'autre tandis qu'elles examinaient la marque. Lorsque je les ai rejointes depuis le garage indépendant où je me tenais, deux paires d'yeux ronds et bleus se sont levées vers moi.

— Ça va ? m'a demandé Delia en prenant ma main.

— Je crois. Mais j'ai les doigts tout chauds. Je ne sais pas ce qui vient de se passer. Ce n'est certainement pas sur le sol que j'essayais de jeter un sort, expliquai-je.

Celia a regardé au-delà de moi, vers le lampadaire monté sur un socle en granit au bout de l'allée circulaire de mes parents. Il était là à des fins purement décoratives. De chaque côté de l'allée se trouvaient deux poteaux carrés en granit surmontés de lumières. Quelques instants plus tôt, ma mère m'avait fait remarquer que l'une des ampoules avait grillé et m'avait demandé de la réparer.

C'était assez simple. Avec mes pouvoirs, réparer n'importe quel appareil électrique était un jeu d'enfant pour moi. En suivant le regard de Celia, j'ai vu que la lumière fonctionnait à nouveau. Cependant, elle brillait si fort que, même en plein jour, j'ai dû me protéger les yeux.

Celia s'est retournée vers moi, l'air perplexe. — Euh, Juliette, je crois qu'il y a eu un problème.

— Sans blague ? ai-je murmuré en m'avançant vers la lampe pour l'inspecter. En m'approchant, j'ai pu voir des étincelles crépiter tout autour.

Ma main était toujours chaude, presque brûlante. En regardant les jumelles, j'ai demandé : — Est-ce que l'une de vous peut aller chercher mon père à l'intérieur ?

Je ne serais pas capable de maîtriser cette puissance, mais mon père, si.

Celia est partie en courant, sa queue de cheval se balançant d'un côté à l'autre tandis qu'elle montait sur le porche et passait la porte d'entrée. Quelques secondes plus tard, mon père sortait à grandes enjambées derrière elle.

Comme d'habitude, il avait l'air parfaitement calme. Grand et majestueux, mon père parvenait d'une manière ou d'une autre à donner l'impression de sortir des pages d'un livre d'histoire, quelle que soit la situation. Ses cheveux argentés brillaient sous le soleil tandis qu'il s'arrêtait à côté de moi, ajustant ses lunettes sur son nez.

Son regard bleu perçant est passé de moi à la tache calcinée sur le sol. Sans un mot, il s'est avancé vers la lampe sur le poteau au bout de l'allée. Il a levé une main et l'a maintenue immobile à côté de la lumière. Au bout d'un instant, les étincelles se sont dissipées et la lumière a repris son éclat normal, presque comme s'il avait utilisé un variateur pour en régler l'intensité.

Baissant la main, il est revenu à mes côtés. — Comment te sens-tu ? m'a-t-il demandé.

— Eh bien, je vais bien. Je crois ? J'ai des picotements dans les doigts, dis-je en levant les mains et en les frottant l'une contre l'autre. La sensation de brûlure avait enfin commencé à s'estomper.

Les yeux de mon père se sont plissés alors qu'il regardait à nouveau la zone noircie sur le sol.

— Quelque chose d'inhabituel s'est-il produit quand tu as jeté le sort pour réparer la lampe ?

— Non, pas quand je l'ai jeté. Mais ensuite, j'ai eu l'impression que mes doigts prenaient feu et ça a fait des zigzags. Même à l'époque où j'avais plus de mal à gérer ce pouvoir, ça n'était jamais arrivé.

Bien que mon père soit resté extérieurement calme, je pouvais sentir son inquiétude. En tant que sorcier puissant, mon père avait vu et fait beaucoup de choses dans le domaine de la magie. J'avais l'impression qu'il avait peut-être déjà vu quelque chose de semblable, mais il ne semblait certainement pas enclin à le partager avec nous.

— Que penses-tu qu'il se soit passé ? a gazouillé Delia.

Mon père, Liam Good Sr., a jeté un coup d'œil aux jumelles, l'ombre d'un sourire se dessinant au coin de ses lèvres. — Je ne sais pas précisément. Le pouvoir électrique est difficile à maîtriser. Tout va bien maintenant, alors espérons que ce n'était qu'un coup de chance.

J'ai entendu la voix de ma mère et j'ai jeté un coup d'œil par-dessus mon épaule pour la voir approcher. — Est-ce que ça va, ma chérie ? a-t-elle lancé.

— Je vais bien, ai-je répondu lorsqu'elle est arrivée à mes côtés.

J'ai vu un *regard* s'échanger entre mon père et elle et j'ai souhaité qu'ils ne soient pas toujours aussi circonspects. Quoi qu'il se soit passé, j'espérais vraiment que ce n'était rien de plus qu'un coup de chance. La magie pouvait être imprévisible.

———

Quelques heures plus tard, j'ai levé les yeux vers ma belle-sœur, Moira, de l'autre côté de la table, et j'ai secoué la tête. — Non, il ne s'est rien passé d'autre depuis. Bien sûr, je n'ai pas non plus essayé de jeter de sorts.

Moira a plissé le nez en me regardant de l'autre côté de notre table à l'Enchanted Spirits. Nous nous y étions retrouvées pour un dîner tardif et quelques verres.

Juste à ce moment-là, un grand fracas a retenti derrière nous. Nous nous sommes retournées en même temps. En levant les yeux, nous avons vu que deux des lampes montées au-dessus du bar avaient explosé, projetant des éclats de verre sur le comptoir tandis que les deux ampoules nues produisaient des étincelles folles.

— Oh-oh. Ce n'est pas bon signe, a murmuré Moira.

— On devrait… Avant même d'avoir fini ma question, j'y ai répondu moi-même. — Inutile d'y aller. On dirait qu'ils ont plein d'aide. Le barman et quelques autres étaient déjà en train de nettoyer et de changer les ampoules. J'ai vu quelques regards inquiets, mais les affaires continuaient comme si de rien n'était.

— Vu que je suis assise juste là à te regarder, je sais que tu n'as jeté aucun sort. Si je te demande, c'est parce que j'ai parlé à la mère de Zoe cet après-midi quand je suis passée voir Zoe et le bébé. Elle m'a dit qu'un de ses sorts avait aussi mal tourné cet après-midi. Pourtant, tout ce qu'elle faisait, c'était donner un peu de pouvoir à ses fleurs, a dit Moira.

— Elle pense que c'était juste un hasard ?

Moira a haussé les épaules. — Sur le coup, oui. Mais le pouvoir des plantes est bien plus facile à gérer que le pouvoir électrique.

Je me suis gardée de répondre. Parfois, j'en avais assez des commentaires sur la difficulté de maîtriser le pouvoir électrique. Personne n'avait besoin de me le dire. C'était moi qui avais ce pouvoir. Je m'étais aussi fait une petite réputation au lycée pour avoir raté quelques sorts au moment où mes pouvoirs se sont manifestés. J'avais appris à le maîtriser, mais c'était difficile et ça demandait de l'habileté. Parfois, j'avais l'impression de tenir du feu dans mes mains.

Moira a continué, inconsciente de mes réflexions intérieures. — Elle était sous le choc parce qu'elle n'avait pas eu de problèmes avec ses sorts depuis des décennies. À quelle heure exactement est-ce que c'est arrivé cet après-midi ?

— Oh, c'était après l'école, car les jumelles étaient à la maison. Je n'ai pas fait attention à l'heure, mais je dirais qu'il était environ quinze heures trente ou seize heures.

Moira a sorti son téléphone de son sac à main et a tapoté l'écran pour le déverrouiller. — J'envoie un texto à Bets tout de suite.

Pendant qu'elle textait, je me suis retournée pour voir ce qu'il se passait avec les lumières. Le barman avait déjà nettoyé le verre sur le comptoir et les clients s'étaient reculés, quelques-uns d'entre eux aidant à balayer les débris de verre sur le sol. Bien qu'on ait changé les ampoules, les lumières étincelaient de nouveau.

Au moment où je me demandais qui nous pourrions appeler pour aider à calmer ce qui se passait, le mari de Moira, Liam, qui se trouvait aussi être mon frère, est entré par la porte d'entrée. Après un rapide coup d'œil à la pièce, il s'est dirigé directement vers le bar et a dit quelque chose au barman.

Un instant plus tard, il est monté sur un tabouret fourni par le barman. Bien qu'il ait eu l'air de dévisser les ampoules, je savais qu'il était en train de calmer ce qui se passait avec l'électricité.

Moira n'avait même pas remarqué l'arrivée de Liam et a levé les yeux. — Bets a dit que c'est à peu près au même moment que son sort est parti en vrille. Je ne sais pas ce qu'il se passe, mais mon instinct me dit que quelque chose se trame.

Au cours des vingt-quatre heures qui ont suivi à Charm Cove, des rapports ont surgi de partout concernant des sorts devenus incontrôlables au sein de la communauté des sorciers et sorcières. Même les plus mineurs, comme l'ouverture d'une serrure.

L'exemple le plus extravagant est venu d'une potion d'amour vendue chez Persnickety Potions & Cadeaux. Apparemment, un homme est tombé à genoux en proclamant follement son amour sur le trottoir, juste devant la boutique. Problème mineur : il déclarait sa flamme à un corbeau perché sur un panneau de signalisation au coin de la rue.

Nous avions un problème. Un problème de magie.

———

1-click. A Stormy Spell

Si vous souhaitez être informé(e) de mes nouvelles publications et autres actualités, inscrivez-vous à ma newsletter : subscribepage.io/35IYqX

MES LIVRES

Merci d'avoir lu Wish Upon A Witch ! J'espère que la magie vous a plu. Si c'est le cas, voici quelques moyens d'aider d'autres lecteurs à découvrir mes livres.

1) Laissez un commentaire !

2) Inscrivez-vous à ma newsletter pour recevoir des informations sur les nouvelles parutions : subscribepage.io/35IYqX

3) Aimez ma page Facebook : https://www.facebook.com/lucymayauthor/

———

Série A Good Witch Mystery
Wish Upon A Witch
A Stormy Spell
A Stitch of Magic
Bee Charmed
Série Wicked Good Mystery
Destiny's A Witch
Hex Me Not
Spells & Silver Bells

The Great Maple Caper
Oopsy Daisy
Siren Song Gone Wrong
Pumpkin Patch Murder
Série Lemon Tea Cozy Mystery
Witch You Wouldn't Believe
A Spell to Tell
Witch is When it Gets Crazy

À PROPOS DE L'AUTEURE

Lucy May adore le café, les chiens, la cuisine et l'écriture. C'est une Sudiste égarée qui vit dans le Maine. Elle a appris à aimer les quatre saisons, mais les étés nonchalants du Sud lui manquent toujours. Elle aime s'imaginer qu'elle aurait pu être une sorcière dans une autre vie et croit toujours en la magie. Elle passe son temps à tisser des histoires paranormales loufoques, sarcastiques et sexy.